夜ぼくはシェフのもの

安曇ひかる

幻冬舎ルチル文庫

CONTENTS ✦目次✦

今夜ぼくはシェフのもの

✦イラスト・カワイチハル

✦カバーデザイン＝久保宏夏(omochi design)
✦ブックデザイン＝まるか工房

今夜ぼくはシェフのもの

ヘルシンキ・ヴァンター空港からフィンエアー・シティ・バスに揺られること三十分。ヘルシンキ中央駅のターミナルに降り立つと、六月の風が優しく頬《ほお》を撫《な》でた。

午後五時半。暑くもなく寒くもない。

出発直前まで悩んで選んだチェックのコットンシャツは、とりあえず正解だったようだ。

さて、と深森碧人《ふかもりあおと》はあたりを見回す。

「こんな感じだったかなぁ」

フィンランドを訪れるのは二度目だ。記憶が曖昧なのは、一度目に来たのが十四年も前だったからだろう。当時碧人はまだ九歳、小学三年生だった。空港まで迎えに出てくれた父の後を、何も考えずただついていけばよかった。

行き交う人々は、若い日本人旅行者を気に留める様子もない。碧人は大きなリュックサックの肩ベルトを握り、繁華街のある南へと歩き出した。

ヨーロッパの多くの都市と同じように、ヘルシンキの市街地は車道も歩道もほとんどが石畳だ。びっしりと煉瓦《れんが》が敷きつめられた景観は異国情緒満点なのだが、スーツケースやキャリーケースの車輪がしばしば段差に引っかかり、慣れない人間には少々歩きにくい。どうせ気ままなひとり旅だと、リュックサックひとつでやってきたのだけれど――。

「……重い」

パンパンに膨らんだ大きなリュックサックはかなりの重さだ。やっぱりスーツケースにすればよかったかもしれないと地味に後悔しつつ、碧人はスマートフォンを開いた。

「えーっと、今いるのがマンネルヘイミン通り。このまま真っ直《ます》ぐ行って、エスプラナーディ通りを左折か」

ヘルシンキの中心部は、実はそれほど広くない。有名な観光スポットやガイドブックに載っているようなレストランは、そのほとんどがヘルシンキ中央駅から徒歩圏内に集中している。旅費を抑えようと少し外れた場所にあるホテルを選んでしまったから、チェックインする前に、海岸方面にあるマーケット広場界隈《かいわい》を散策してみようと思った。

この旅の目的は観光ではない。けれど預金をすべて叩《はた》いてやってきたのだから、十四年前に父が案内してくれた場所を、時間の許す限り巡ってみるつもりだ。

エスプラナーディ通りに入ると右手に芝生《しばふ》の美しい公園が見えてきて、碧人は足を止めた。芝生のグリーンに誘われるように足を踏み入れると、ぼんやりとしていた記憶の輪郭が急に形を成し始めた。

十四年前、父とふたりでこの公園を歩いた。夏の、北欧の街とは思えない暑い日で、父は公園の向かい側のカフェからジュースとシナモンロールを買ってくれた。どちらも甘すぎて、父のミネラルウォーターが一番美味《おい》しかったことを覚えている。

スカンジナビア半島の内側にある国・フィンランド。日本から一番近いヨーロッパだが、それでも成田《なりた》から首都・ヘルシンキまで九時間半のフライトだった。米俵のようなリュックサックをベンチに下ろすと疲れが一気に押し寄せてきた。東京から七八〇〇キロも離れた街に無事辿《たど》り着けたのだという実感が湧いてきて、ようやく緊張の糸が緩んだのかもしれない。リュックサックの横に腰《こし》を下ろして背もたれに両腕を預け、さっきまで自分の乗った飛行機が飛んでいた雲ひとつない空を見上げた。

「本当に来ちゃった」

マーケット広場はすぐそこなのに、しばらくこのまま座っていたくなった。

風が出てきた。日没までは間があるが、少し気温が下がってきた気がする。碧人はリュックサックを開け、取り出しやすいようにと一番上に入れてきた薄いジャンパーを引き出した。丁寧にたたんでおいたから皺《しわ》ひとつついていない。

貴重品の入ったヒップバッグを外し、ジャンパーを羽織る。もう一度腰に巻き直そうとバッグに手を伸ばした時、背後から「スミマセーン」と声がした。振り返ると、碧人と同じ年頃の若い男が、笑顔を浮かべて立っている。ノートのようなものを手にしていた。

「アナタ、ニホンジン、デスカ?」

「はい、そうですけど」

「コレハ、ナントヨミマスカ。オシエテ、ホシイデス」

覗《のぞ》き込んだノートには、拙《つたな》い文字の日本語が並んでいた。日本語を学ぶ学生だろうか。

「どこですか?」

ヒップバッグをベンチに置きかけた——と、その瞬間、男は碧人の手からバッグを引ったくり、そのまま脱兎《だっと》のごとく走り出した。

「……え？」

何が起こったのか、すぐにはわからなかった。バッグを盗られたのだと気づいた時には、男の背中はすでに公園の出口付近だった。短距離ランナー並のスピードで遠ざかっていく。

「まっ、待て！　泥棒！」

叫びながらリュックサックを背負い、全力で後を追った。ヒップバッグの中には財布やパスポートの他に、命の次に大切にしている宝物が入っている。それをなくしてしまったら、フィンランドに来た意味がなくなってしまう。

「待て！」

待てと言われて待つ泥棒はいない。元々運動には自信がない上、重いリュックサックがハンディになり、男の背中はどんどん遠ざかっていく。

「誰か！　泥棒です！　捕まえてください！」

泥棒、引ったくり……フィンランド語ではなんと言うんだろう。結構がんばって勉強してきたつもりだったけれど、さすがにレアすぎて覚えていない。

「ストップ！　シーフ！　ヘルプミー！　ヘル——うわっ！」

頭に浮かんだ英単語を叫びながら走っていたら、石畳の段差に躓《つまず》いてしまった。

「痛っ……」

豪快な大の字で石畳に俯《うつぶ》せる日本人を、往来の人々が遠巻きに見ている。

——なんで……。

到着したその日に、パスポートも財布も大切な宝物も全部失ってしまうなんて。

あまりのことに、脳が現実を受け入れることを拒絶する。

「警察……そうだ、警察……スマホ」

まずはそこからだと起き上がろうとしたが、リュックサックに押し潰されてなかなか身体《からだ》を起こせない。じたばたしていると、不意に身体が軽くなった。

「大丈夫ですか?」

誰かがリュックサックを引き上げてくれたらしい。

「怪我《けが》はないですか?」

心配そうな声の主は、三十代半ばくらいだろうか、身なりのよい紳士だった。質のよさそうなジャケットや、きちんと整えられたライトブラウンの髪が乱れるのも構わず、膝《ひざ》までついて碧人を抱き起こしてくれた。

「はい。すみません。ありがとうございます」

と、そこで碧人は気づく。「大丈夫ですか」も「怪我はないですか」も日本語だ。

「えっと……あの」

戸惑う碧人に紳士は頷《うなず》いた。

「私はフィンランド人ですが、日本語は少しわかります」

公園の方から「泥棒」という叫びが聞こえてきたので、駆けつけてくれたのだという。

「実はバッグを引ったくられてしまって」

「今あちらの方向へ走って逃げていった若者ですね」

「はい。パスポートも財布も、貴重品はその中に全部入っていて……」

言葉にしてみたら、事の重大さがじわじわと胸に湧いてきた。

顔面蒼白《そうはく》でうな垂れる碧人の背中にそっと手を当て、紳士はひとり言のように呟《つぶや》いた。

「サクが追いついてくれていればいいんですけど」

「サク？」

「私の友人です。彼が俊足かどうかはわかりませんが、びっくりするほど長い足です。それに若い。なので追いかけるのは彼に任せて、私はきみを――」

「ヒューゴ」

若くて足の長い友人の紹介が終わる前に、背後から声がした。

ヒューゴと呼ばれた紳士と一緒に振り返ると、すらりとした長身の青年が立っていた。

確かに足が長い。馴染《なじ》みのある黒髪と肌《はだ》の色は、おそらく東洋人だろう。

「サク。追いついたのですね」

「ええ、なんとか」

座り込んだままの碧人の頭上にサクが差し出したのは、数分前まで腰に巻きつけられていたヒップバッグだった。

「とっ、取り返してくださったんですかっ」

「犯人は取り逃がした」

ネイティブな日本語だった。サクは小さく舌打ちし、わずかに眉《まゆ》を顰《ひそ》めた。

落ち着いた、というよりどこか冷たい印象の目元。硬質なまでに真っ直ぐな鼻筋。それとは少しアンバランスな厚めの唇《くちびる》から発せられる声には抑揚がなく、そのくせ不思議な艶《つや》があった。風貌《ふうぼう》からも声色からも、いつまで経っても少年っぽさの消えない碧人のそれとはまるで違う、しっとりとした男の色気が伝わってくる。

真っ白な麻のシャツに濃紺のジーンズ。ごてごてしたオシャレは男の恥とばかりのシンプルさなのに、これほど様になっている男を、碧人は生まれて初めて見た。

「あの、なんとお礼を言えばいいのか」

「礼の前に、中身を確かめた方がいいんじゃないのか。ファスナーが開いている」

「あ、そ、そうですね。えっと、パスポートあるし、財布もあるし……」

碧人は慌ててヒップバッグの中身を確かめる。

バッグの一番底に忍ばせてきたあれは無事だろうか。

「あ、あった！　あった！」

大切な大切な宝物。汚れたりしたら大変なので、日頃から桐の小箱に入れている。

「よかったぁ」

小さな箱をぎゅっと胸に抱き締めた。心からホッとしたら目に涙が滲《にじ》んだ。

碧人はようやく立ち上がる。

「ありがとうございました！　本当にありがとうございました！」

ずずっと鼻を啜《すす》る碧人に、サクは無表情だ。

「ヒップバッグを腰から外したら意味がないだろ」

「はい。すみません。気をつけます」

「ヘルシンキはとても治安のいい街です。三十五年ここで暮らしていますが、ぼったくりなんて初めて見ました。きみはきっと選ばれし者なんですね」

妙な感心の仕方をするヒューゴに、サクは淡々と「ぼったくりじゃなくて引ったくりです」と訂正を入れた。碧人は微妙な笑いを浮かべる。引ったくり犯に選ばれたくなどない。

「ここは日本じゃないんだってことを肝に銘じるんだな。平和ボケしてるとまた狙われるぞ」

「はい。本当にご迷惑おかけしました」

自分の気の緩みで、見ず知らずのふたりに迷惑をかけてしまった。

碧人は背筋を伸ばし、精一杯感謝の気持ちを伝えた。

「本当に本当に、ありがとうございまし——あ、うわっ！」

腰を九十度に曲げた瞬間、開いたままだったリュックサックの口から、ドドドッと中身が零《こぼ》れ落ちた。

「痛ってぇ！」

大きな梅干しの瓶が、サクの足の甲を直撃した。悪いことに蹲《うずくま》ったその頭に、うちわ大のスルメがひらりと舞い落ちる。

「なんなんだこれは」

サクは左手で足の甲を押さえながら、頭上のスルメを摑《つか》んだ。

「すみません、スルメです」

「んなことはわかってる！」

「すっ、すみませんっ！　大丈夫ですか？」

おろおろする碧人の横で、ヒューゴが路上に散らばった荷物を手早く集めてくれた。

「大丈夫ですか、サク」

「大丈夫じゃありません」

「ああもう、おれ、なんてことを……。本当にすみません」

もし骨折なんかしていたら、すみませんではすまされない。

「おお、これは梅干しじゃありませんか」

ヒューゴはサクの足元から、世にも嬉《うれ》しそうな顔で梅干しの瓶を取り上げた。

「久しぶりに梅干しのおにぎりが食べたくなりました」

「ふたつ持ってきたので、よかったらひとつどうぞ」

本当ですかと破顔するヒューゴの横でサクが目を剝《む》く。

「こんなでかい瓶をふたつも……ていうかお前、これ全部背負ってきたのか」

碧人は「はい」と縮こまる。

梅干しとスルメの他に、緑茶、カレールー、缶入りの鳩サブレ、かつお節なども持ってきた。重くてかさばるとは思ったけれど、どれも外せない気がした。ネットのサイトによるとどれも北欧で喜ばれる日本土産《みやげ》らしい。

「なんで……スルメ」

やっぱりスルメは外すべきだっただろうか。サクは低い声で「あのなあ」と言ったまま、続きを呑《の》み込んでしまった。きっと呆《あき》れているのだろう。

「まあまあサク。無事バッグも取り返したことだし。そろそろ行きましょうか」

ヒューゴに促され、サクは憮然《ぶぜん》とした表情のまま立ち上がった。

「それじゃ、よい旅をね」

ヒューゴが手を握ってくれた。碧人はもう一度丁寧に礼を告げる。

サクはこれ以上関わるのはごめんだとばかりに、踵《きびす》を返して歩き出した。

「待ってください」

碧人はサクを呼び止めた。バッグを取り戻してくれたというのに、足に梅干しの瓶を落としてしまったのだから、このまま「はいどうも」と去るわけにはいかない。

「せめてお礼を」

「スルメなら結構だ」

「そうじゃなくて」

碧人は財布を取り出した。緑茶やカレールーではこの溢《あふ》れる感謝を伝えきれない。

「金ならもっといらない」

「でも、それじゃおれの気持ちが——あ？　えっ……あれ？」

財布を開いた手が止まる。

「嘘《うそ》……」

今日二度目の〝頭真っ白〟に襲われた。

「どうしたんですか？」

ヒューゴが碧人の財布を覗き込み、「あっ」と短い声を上げた。

「なんということでしょう。財布が空っぽですね」

財布は無事だったが、現金はきれいさっぱり抜き取られていた。

碧人が勤めていた会社を依願退職したのは二ヶ月ちょっと前、今年三月末のことだった。入社から丸一年。理由は〝一身上の都合〟というやつだ。

入社して半年あまり経った頃、同期の女性社員がセクハラに遭っていることを知った。相手は碧人の直属の上司である総務課長だった。大人《おとな》しい彼女は『やめてください』と言えず、悩みに悩んだ末碧人にだけ窮状を打ち明けた。絶対に誰にも言わないでねと。

碧人は悩んだ。新人が上司にもの申すのには、それなりの覚悟と勇気が必要だ。彼女は『聞いてもらっただけでちょっと楽になったから』と言っていた。碧人にどうにかしてほしいわけではないとも言った。

それとなく課長の動向を窺《うかが》っていたある日、資料室に向かった彼女の後を少し遅れてついていく課長を見かけた。ふたりの姿が廊下に消えるのを待って、碧人は席を立った。

資料室の前に立つと、自分の鼓動で周りの音が聞こえなくなった。嫌な汗が背中を流れる。

碧人は腹に手を当て、へそに力を入れ、ドアをノックした。

――勇気はここにある。大丈夫。

突然踏み込んできた碧人に、課長はしどろもどろに『セクハラなどではない』と否定した。

その日を境に彼女へのセクハラはなくなった。代わりに始まったのが碧人への嫌がらせだ。どう考えても期日に間に合わない書類をひとりで作るように命令されたり、意味のない無理難題を押しつけられたり。課長は表面的には穏やかで周囲の信頼も厚い人だったから、部内での碧人への風当たりは強くなるばかりだった。

彼女は『自分からみんなに本当のことを言う』と言ってくれた。けれどせっかく平穏を取り戻した彼女に、セクハラされていたと公言させることはできないと思った。

春の足音が近づいてきた頃、碧人は辞表を提出した。課長は待っていましたとばかりに受け取った。

決して間違ったことはしていない。けれど両親に心配をかけてしまったことだけは辛《つら》かった。何があったにせよ、たった一年で会社を辞めてしまうなんて想像もしていなかったはずだ。詳しい理由を問い質《ただ》すこともせず、『きっと碧人を必要としてくれる会社があるから』とふたりで励ましてくれた時には、涙が出そうになった。

——でも、本当にあるのだろうか。

自分の居場所。自分を必要としてくれる会社、人。

ふと夜空を見上げたら、都会では滅多に見られないほど星が輝いていて、子供の頃一度だけ訪れたことのあるフィンランドの空を思い出した。

あの人たちは、まだいるだろうか。自分のことを覚えてくれているだろうか。

——もう一度行ってみようかな。

思いは、自分でも信じられないくらいむくむくと膨らんでいった。

夜なのに空が明るいのは、なんとも不思議な感覚だった。

完全な白夜ではないが、この時期ヘルシンキは午後九時を過ぎないと日が沈まない。

ヒューゴとサクは碧人を警察署まで案内してくれ、フィンランド語のままならない碧人に代わり詳しい事情説明をしてくれた。抜き取られた現金はおそらく戻ってはこないだろうが、ふたりが一緒にいてくれたことでどれほど心強かったかわからない。

警察署を出る頃にはさすがに日は傾き、街には夜の帳《とばり》が下り始めていた。心身ともに疲れ果てた碧人を、ふたりはエスプラナーディ通りと交わる細い通りにある、古いアパートメントに連れてきた。

その一階にあるレストラン『sininen（シニネン）』。

日本語で「青色」という意味の小さな北欧料理店が、サクの仕事場だという。

落ち着いたサックスブルーの壁には大きな窓がふたつ並んでいるが、どちらにもロールカーテンが下りていた。今日は定休日だったらしく、ドアには『suljettu（クローズド）』と書かれた札がかかっていた。

サク――北川冴久《きたがわさく》は『シニネン』のシェフ兼店主で、現在はすべてをひとりで切り盛りしているという。先週、アルバイトの女性が突然辞めてしまい、仕方なくテーブルの数をひとつ減らして対応しているのだと、ヒューゴが教えてくれた。

ヒューゴ・ユハントは『シニネン』の常連客だ。職業は医師で、ここからさほど離れていない場所にある総合病院に勤めている。笑顔で「どこか痛みますか」と聞かれただけでたちどころに病気が治ってしまいそうな、穏やかな雰囲気を纏《まと》っていた。

冴久に「一文なしになってしまった碧人を、今夜ひと晩泊めてやってはどうか」と提案してくれたのもヒューゴだった。冴久と同じようにヒューゴもひとり住まいだが、容態の気になる患者がいて、今夜は病院に泊まる予定なのだという。冴久は「なんで俺が」とばかりに眉を顰めたが、年かさのヒューゴに「着いて早々あんな目に遭って、可哀想《かわいそう》じゃないですか」と言われ、苦虫を噛《か》み潰したような顔で承諾した。

クレジットカードは無事だったが、ホテルに何泊もするのは難しくなってしまった。碧人はホテルをキャンセルし、ひと晩冴久の世話になり、なるべく早い便で帰国することにした。

店の真上、アパートメントの二階の一室を、冴久は自宅にしていた。

「それじゃあアオト。私が日本に遊びに行った時は、ぜひ案内してくださいね」

病院に向かうというヒューゴに、碧人は深々と頭を下げた。

「本当にありがとうございました。なんのお礼もできなくて」

「これをいただきました。最高のお礼です」

ヒューゴは嬉しそうに梅干しの瓶を手にして出ていった。

冴久とふたりきりになると、急に妙な緊張感に襲われた。

「えっと、あの、今日は本当に何から何まで……」

縮こまって恐縮する碧人に、冴久はぼそりと言った。

「Varas」

「ヴァラス？」

「フィン語で『泥棒』だ。『助けてください』は『Auttakaa（アウッタカー）』。ひとり旅をするなら、それくらいの単語は覚えておけ」

冴久の言う通りだ。日常会話程度はマスターしてきたけれど、まさか『泥棒』などという単語がリアルに必要になるとは想像もしていなかった。要するに考えが甘かったのだ。碧人にしては珍しく、思いたったが吉日とばかりに日本を飛び出してしまったけれど、やはりもう少し考えてからにするべきだったのかもしれない。

碧人はますます小さくなる。

「ご迷惑をおかけして……すみません」

「大学生なのか」

「……いえ」

「まさか高校――」

「ち、違います」

徹底的に童顔なので、日本でもしばしば誤解される。

「社会人です。じゃなく、でした。失業中です」

興味もないのだろう、冴久はその逞《たくま》しい背中を壁に預け、腕組みをしている。足の長さに比例して、腕もかなり長い。

「観光か」

「……いえ」

この国へやってきた理由をひと言で説明するのは難しい。強いて言うなら……。

「自分探し、みたいな」

一瞬、目を眇《すが》めた冴久は、次の瞬間ふんっと鼻で笑った。

「悪い」

「……いえ」

「都市伝説だと思っていたけど、本当にいたんだ。自分を探すやつ」

夏には三十歳になるというから、碧人より六つ年上だ。六つも年上……いや、六つしか離れていないのに、冴久は一国一城の主《あるじ》なのだ。失業して、言葉も覚束《おぼつか》ないくせに自分探しなんて、ちゃんちゃら可笑《おか》しいだろう。

ここまで歩く道々、冴久とヒューゴが話していた。フィンランド語と日本語が半々だったからおおよそしか理解できなかったが、先週まで『シニネン』でアルバイトをしていた女性は、どうやら冴久を好きになってしまい、振られたことが原因で辞めたらしい。

こうして至近距離で見てみると、確かに俳優かモデルのようなルックスだ。さぞかし女性にモテることだろう。冴久は「シャワー、先に使え」と言い残し、リビングを出ていってしまった。廊下からハッと短いため息が聞こえた。

——呆れてるよな。当たり前だよな。

情けなさと申し訳なさの波にもみくちゃになる。

さっきヒューゴに見せた「なんで俺が」という顔こそが冴久の本心なのだろう。日本人だという以外なんの繋《つな》がりもないマヌケな旅行者を、なぜ泊めなければならないのか。

「アウッタカー……」

消えそうなヘルプは、足元に落ちて消えた。

ベッドに入り、数時間ぶりにスマホを取り出した。

メッセージが二件入っていた。案の定、母と啓介《けいすけ》からだった。

大学時代の先輩・栗原《くりはら》啓介は、ともすると片隅に追いやられがちな碧人をいつも気遣い、周囲の輪の中に引き込んでくれた。偶然実家が近所だったこともあって、卒業してからもなんやかんやと理由をつけては食事に誘ってくれる。

【無事ヘルシンキのホテルに着きました】

短いメッセージをふたりに送った。心配をかけたくないから、昼間の出来事には触れなかった。

すぐに母から【貴重品に気をつけなさいよ】と返事が書き込まれた。啓介のメッセージには【誘拐されるなよ。お前は無防備だから】とあった。

「千里眼かな、ふたりとも」

碧人は苦笑する。母も啓介も、それだけ自分のことをよく理解しているのだろう。

セクハラの件を、実は啓介にだけ相談していた。啓介は言下に『やめておけ』と言った。別の上司か先輩に相談するか、でなければその女子社員に自分で行動を起こさせろと。中途半端に首を突《つ》っ込んだら必ず矛先はお前に向くぞ——啓介はそう釘を刺した。

誰にも言わない約束だったのだ。他の誰かに相談などできるはずもない。彼女ひとりでなんとかできるくらいなら、恥ずかしい気持ちを押して自分に相談などしてこないだろう。

碧人は啓介が刺してくれた釘を引っこ抜き、首を突っ込んだ。そして見事に爆死した。

啓介の忠告を聞き入れていれば、失業の憂き目に遭うこともなかっただろう。両親に心配をかけることもなかった。

——でも……。

時々自分でもよくわからなくなる。碧人は深いため息をひとつついた。

窓の外にはいつの間にか、束の間の夜が訪れていた。


ひとりっ子の碧人は、幼い頃から引っ込み思案で大人しい子供だった。自分から積極的に友達を作るタイプではなかったが、いつもクラスの隅っこでにこにことそれなりに楽しく過ごしていた。几帳面《きちょうめん》で勉強もできたので、時々『ノート見せて』と友達に囲まれることもあった。静かだけれど暗くはない。そんな子供だった。

碧人が笑顔をなくしてしまったのは、小学三年生の春だった。ある日クラスの男子数人が集まって、花音《かのん》という女の子のリコーダーを男子トイレに隠そうという話になった。花音は女の子にしては活発で、しばしば男子のグループと揉《も》めていた。

『先生には内緒だからな』とリーダー格の颯太《そうた》がそこにいた全員に言い渡した。

花音のことは好きでも嫌いでもなかったが、彼女が泣くところは見たくなかった。だから放課後、男子トイレからリコーダーを持ち出し、花音のロッカーにそっと返しておいた。それを颯太に見つかってしまったのだ。

裏切り者、弱虫、女の味方。さんざん罵られた。運の悪いことに翌日は遠足で、チクチクと嫌がらせをされていた碧人は、異様に強ばった表情で集合写真に収まった。写真が配られるとまた、『ヘンな顔』とからかわれた。

碧人は次第に表情をなくしていった。担任の教師に『どうしたの』と聞かれても答えることができなかった。自分の気持ちを口にすることができなくなっていたのだ。

当然両親は心配した。夏休みになるとすぐに母が、ヘルシンキに単身赴任している父のところへ遊びに行ってきてはどうかと提案した。

『フィンランドはね、碧人、サンタクロースの国なのよ』

そのひと言に、碧人は俯《うつむ》けていた顔をほんの少し上げた。サンタクロースに会えるかもしれない。サンタさんなら叶《かな》えてくれるかもしれない。救ってくれるかもしれない。

幼い碧人は藁《わら》にも縋《すが》る思いでサンタクロースに手紙を書いた。

【はいけい　サンタクロース様
初めまして。ぼくは日本人で、名前は深森碧人といいます。
サンタさんは日本語はわかりますか。サンタさんにひとつお願いがあります。
今年のクリスマスに、ぼくは本当はゲームをたのもうと思っていましたが、やめます。
ゲームはいらないから、そのかわりにぼくに勇気をください。
自分の思ったことをちゃんと話せる、そういう勇気をください。
よろしくお願いします。
深森碧人】

何度も書き直し、丁寧に折りたたんで封筒に入れた手紙を携え、碧人はフィンランドへ旅立った。一体どんな手段で渡すつもりだったのかと、今にして思うけれど、当時はそこまで頭が回らなかった。

父は入社以来初めてだという有給休暇を取って、三日間あちこちに案内してくれた。トラム（路面電車）にも乗った。ムーミン谷博物館にも行った。しかしフィンランド北部にあるサンタクロース村までは、残念ながら足を伸ばせなかった。

帰国の日、父は碧人をヘルシンキ近郊の湖畔《こはん》にあるレストランに連れていってくれた。三角屋根が特徴的な小さなレストランだった。フィンランド滞在中、父は『滅多にないことだから』と張り切って、有名なホテルやレストランでばかり食事をさせてくれた。けれど碧人が一番美味しいと思ったのは、最後の日に訪れたそのレストランの素朴な家庭料理だった。

顎鬚《あごひげ》を蓄えたシェフは、料理の味そのものといった感じの素朴で優しい感じの人だった。『美味しいですか？』と片言の日本語で尋ねられて驚いた。フィンランドには日本の文化を愛する人が多いのだと、後で父が教えてくれた。

食事を終えて車に戻ると、父が『あれ、お釣りが多いな』と呟いた。碧人は『ぼく返してくる』と車を降り、余計に受け取ってしまった釣り銭を返しに行った。考えてみれば慌てる必要などなかったのに、優しい笑顔のシェフが困っているような気がして全速力で走った。

シェフは驚き、それから破顔し、碧人の頭をくりくりと撫でてくれた。

手紙がないと気づいたのは空港のロビーだった。父がサンタクロースの住所を知っているというので、ポストに投函してもらおうと思ったのだが、ポケットに入れていたはずの手紙はなくなっていた。多分レストランの駐車場で落としたのだ。

落胆したまま帰国した。幸い颯太たちの嫌がらせは夏休みを機に終息し、イジメに発展することはなかったが、依然として碧人は思ったことを言葉にできないままだった。

ところがその年のクリスマスイブ、碧人の元にサンタクロースから手紙が届いた。半信半疑で開封すると、そこには手書きのフィンランド語が踊っていた。

【親愛なる碧人くん
初めまして。私はフィンランドに住んでいる、サンタクロースです。

きみの手紙を読ませてもらいました。勇気がほしいのですね。しかし残念ながら、私にはきみの願いをかなえてあげることはできません。なぜなら勇気はもうきみの中にあるからです。私がプレゼントしなくても、きみはもう勇気を持っています。きみは気づいていないかもしれませんが、ちゃんと持っているのです。

もし勇気が上手《うま》く出せない時は、お腹に手を当てて、おへそに力を入れて、心の中で『勇気はここにある』ととなえてみてください。きっと上手くいくでしょう。

私はきみが正直でよい子だということを知っています。フィンランドにいてもちゃんとわかります。私はいつもここできみを見ています。メリークリスマス！

サンタクロース】

便せんは二枚あった。二枚目には日本語の訳が書かれていて、だからフィンランド語のわからない碧人にも内容を理解することができた。一枚目にも二枚目にも、淡い色調の優しいイラストが描かれていて、碧人の心を和ませてくれた。

碧人は久しぶりに、本当に久しぶりに、全身がじんわりと温まっていくのを感じた。手の先、足の先からじわじわと解《ほど》けていく感じ。雪の降る寒い日、背中を丸めて通学路を駆け戻り、ランドセルを放り投げてこたつに潜り込んだ、あの感覚によく似ていた。

――手紙、届いてたんだ。読んでくれたんだ。サンタさん、ありがとう！

嬉しくてほろほろと涙が零れた。窓の外で降り出した雪が、きらきらと輝いて見えた。

碧人は次第に明るさと笑顔を取り戻していった。相変わらず生真面目《きまじめ》で引っ込み思案だったけれど、ここぞという時にはふん、とおへそに力を入れおまじないを唱えた。

――勇気はここにある。ぼくは大丈夫。

成長し、クリスマスプレゼントは誰がくれるのかを知った時、碧人は思った。

手紙をくれたのはきっとあのレストランのシェフだ。駐車場に落ちている手紙を拾い、わざわざ返事を書いてくれたのだ。

六年生の時、お礼の手紙を書き父に託した。しかしその手紙がシェフの元に届いたかどうかは、事情があって確認できていない。

文字やイラストが劣化しないようにと、手紙を桐の小箱に入れたのは高校生の時だ。小さなその箱を、碧人は命の次に大切にしている。

お礼の手紙が届いていてもいなくても、いつか直接会ってお礼を言いたい。

もう一度フィンランドへ行こう。そう決めていた。

長年の思いがよもやこんな形で叶うとは想像もしていなかった。


窓の外を飛び交う朝の挨拶で目覚めた。

「フオメンタ！」

「モイ！」

フオメンタはおはようだっけ……とうつろな頭が回り始め、碧人は飛び起きた。ここは自分の部屋ではない。ゲストルームを飛び出すと、冴久の姿はすでになかった。ダイニングテーブルの上には【店にいる】というたった四文字のメモと、部屋の鍵が置かれていた。

碧人は大急ぎで身支度《みじたく》を整え、部屋を出ると階下の店へと駆け下りた。従業員用の出入り口は、表通りとは反対の路地側にあった。

ノックをする。返事がないのでノブを回してみる。鍵はかかっていなかった。

「おはようございます」

冴久はすでに厨房《ちゅうぼう》に立っていた。碧人に気づくと少しだけ視線を上げて「おう」と短く応えてくれた。すでに食材の調達をしてきたらしく、一畳分ほどの作業台には野菜や魚がところ狭しと並んでいる。

碧人はぐるりと店内を見回した。

レストランスペースと厨房スペースは、小窓を兼ねたカウンターで仕切られていた。レストランスペースには四人がけのテーブルが五つ。カウンター近くの不自然な空きスペースは、先週まで六つ目のテーブルがあった場所だろう。壁紙は外壁と同じシックなサックスブルー、テーブルクロスはそれより少し濃い、紺に近い青で統一されていて、全体的に爽《さわ》やかだが落ち着いた印象だ。

厨房スペースの冷蔵庫、シンク、作業台などはステンレス製で、傷はついているがすべてきれいに磨き上げられていた。ボウルやバットなどはほとんどがほうろうだ。青い縁取りが剝《は》げているものも多い。かなり使い込まれているのだろう。シルバーと白と青、ほぼ三色だけのスペースは狭くて雑然としているのに、不思議な清潔感に覆われている。

まさに男の仕事場、冴久の城という気がした。

「眠れたか」

「はい。おかげさまで。昨日は大変お世話になりました。これ、鍵です」

冴久は手を動かしながら頷いた。

「朝飯」

「え？」

「今用意しているから」

座れ、と冴久が顎で指したのは、あと三時間もすれば客が座るはずのテーブルだった。

「でも」

「昨夜《ゆうべ》何も食っていないんだろ。座れ」

「はい、でも」

「いいからさっさとす、わ、れ」

でもでもと繰り返しているうちに、トレーを手にした冴久が厨房から出てきた。

「それでは……お言葉に甘えて」

失礼しますと一礼し、碧人はテーブルについた。

「腹が減って、そこいらで倒れられたら迷惑だからな」

冴久は、碧人の前に四角い木製のトレーを置いた。

「アレルギーは？」

「ありません」

「食えないものは？」

碧人はぶんぶん首を振る。身体は至って健康だし食べ物の好き嫌いもない。そもそも好き嫌いだと言える立場ではない。

トレーには、グレーのストライプ柄のリネンが敷かれていた。ターコイズブルーの深皿には白っぽいシチューのようなものが、クリーム色のプレートにはフレンチトーストらしきものが載っていた。

「サーモンクリームスープ。北欧の伝統料理だ。それとフレンチトースト。本当は黒パンが合うんだけど、朝だから柔らかいパンにした」

「こんなご馳走《ちそう》を……」

「冷めないうちに食え」

サーモンクリームスープには、サーモンの他にじゃがいもやニンジンが入っている。真ん中にこんもりと載せられているのは、ディルと呼ばれる香草だという。

「それでは、遠慮なく、いただきます」

碧人は普段するように、顔の前で合掌《がっしょう》した。

木のスプーンで、まずはスープを掬《すく》う。とろりとしたクリームと脂《あぶら》の乗ったサーモンの風味が口いっぱいに広がって、碧人は目を見開いた。

「美味しい！　すごく美味しいです」

お世辞でもなんでもなかった。サーモンなんて回転寿司《かいてんずし》のネタか、でなければ朝食の焼き鮭《さけ》くらいか食べ方はないと思っていた。唇に当たる木のスプーンの感触もどこか優しくて、碧人は立て続けに口に運ぶ。「美味しい」という自分の言葉が呼び水になったのか、俄然《がぜん》食欲が湧いてきた。

「本当に美味しいです」

「空腹は一番の調味料だからな」

さして嬉しくもなさそうに、冴久は厨房に行ってしまった。

碧人はフレンチトーストに手を伸ばす。琥珀色《こはくいろ》のジャムが添えられていた。

「このジャム……食べたことない味です」

「クラウドベリージャム。わりと希少なやつだ」

「冴久さんが作ったんですか」

「一応料理人だからな」

「すごい……美味しい……なんかもう全部、むちゃくちゃ美味しいです」

素人《しろうと》にしてもひどすぎる零《れい》点の食レポに苦笑しながら、冴久が厨房から出てきた。

「コーヒーでよかったか。もう淹《い》れちゃったけど」

置かれた濃紺のカップ&ソーサーからは、コーヒーの香りが立ちのぼっていた。

「すみません。無理に泊めていただいた上にこんなにしていただいて」

「バッグ引ったくられて帰るだけじゃ、ヘルシンキの印象が最悪になっちまうだろ」

開店準備が忙しいのだろう、冴久はすぐに厨房に戻り手を動かし始めた。

色とりどりの野菜や魚、肉、乳製品――それらすべてが冴久の手で調理されるのを、わくわく待っているように見えた。こんなに美味しくしてもらえたら、サーモンもじゃがいももさぞかし喜ぶだろう。

「このカップ&ソーサー、アラビア製ですよね。確か……」

「バレンシア」

「そう、バレンシア！　うちにも同じのがあるんです」

「北欧の食器は、和食器と並べても違和感がまったくないからな。そのフレンチトーストを載せた皿は、実は日本製の陶器だ」

フィンランドを代表する食器メーカー・アラビア社の食器は、日本でも人気が高い。単身赴任を解かれて日本に帰国する際、父が記念に三客買ってきてくれた。

「じゃあヘルシンキは」

「二度目なんです。小学生の時に一度だけ、父を訪ねて」

冴久はきびきびと手を動かしながら、「ふうん」と頷いた。

奥のコンロに小さな鍋がある。木杓子《きじゃくし》が入ったままだ。小さなレストランとはいえ、あんな小さな鍋で足りるのだろうか——そう考えて、碧人は気づいた。このサーモンクリームスープは、これから店に出す料理とは別に、自分だけのために作ってくれたものなのだ。

「あの、冴久さん」

「なんだ」

「いえ……」

態度は無骨だし、もの言いはぶっきらぼうだ。正直言えば、昨夜は少し苦手だと感じた。しかしこうして朝食を用意してくれた。慌ただしい時間の合間を縫って、さんざん迷惑をかけまくった自分なんかのために。

「ごちそうさまでした。本当に美味しかったです」

コーヒーの最後の一滴まで飲み干し、碧人はトレーを厨房に下げた。

「そこに置いておけ」

「あの……」

「なんだ。おかわりはコーヒーしかないぞ」

碧人は首を振った。

「あの……」

「なんだ。あのじゃわかんねえよ。言いたいことがあるならはっきり言え」

「はい」

碧人は大きくひとつ深呼吸をした。

「お手伝いをさせてもらえませんか」

「……あぁ?」

じゃがいもの皮を剝く手を休め、冴久が胡乱《うろん》げに顔を上げた。「結構だ」と撥《は》ねつけられる前に、碧人は速攻で捲《まく》したてた。

「このままじゃおれ、帰れません。ご迷惑かもしれませんが、あっ、あんまり役には立てないかもしれませんが、一日だけお手伝いさせてくださいお願いします。フィン語は簡単な日常会話くらいならなんとかなります。なんでもやります。一生懸命やります。やらせてください」

冴久はぽかんと口を開け、瞬きを繰り返している。

「料理は無理ですけど、皿洗いならやれます。胸に【見習い・日本人】ってシールを貼っていただければ、注文を取ることもできます。せめてバッグを取り返していただいたお礼と、泊めていただいたお礼と、朝食のお礼だけ……一日じゃ足りないと思いますが……させていただけたら……と」

しゃべりながら、だんだん自分がずうずうしいことを言っている気がしてきた。突然店を手伝わせろなんて、やっぱり無理がある。

次第に尻《しり》すぼみになる碧人に、冴久は「もうひとつあるだろ」とため息混じりに呟いた。

「俺の足に梅干しの瓶を落とした詫《わ》び」

「……え」

「まずは自分の食った食器を洗え。終わったら店のテーブルをそこのクロスで拭く。丁寧にだからな。開店は十時半。十四時にランチタイムが終了。一旦閉めて十七時から夜の部。二十二時の閉店まで息つく暇もないぞ。いいか」

「は、はいっ、ＯＫです！　了解です！」

思わず直立不動で敬礼してしまった。

なんだろう、胸が熱い。

絵に描いたような平々凡々の人生を送ってきた碧人にとって、ヘルシンキに着いてからの半日は、あり得ないことの連続で、まるでジェットコースターに乗りながらハリウッド映画を観ているような感覚だった。目が回りそうだけれど、不思議と苦痛ではなかった。

ジェットコースターに乗ったまま、一日はあっという間に過ぎた。フィンランド語が覚束ない上に接客は初めての経験だったから、緊張に次ぐ緊張で、最後の客を見送った後へなへなとその場に崩れ落ちてしまった。

それでもどうにか無事に一日を終えられたのは、冴久が作ってくれたまさかのネームプレート【見習い・日本人】のおかげだった。案の定冴久は手取り足取り教えてなどくれなかったが、碧人が困っていると奥の厨房から短くわかりやすい指示をくれた。

驚いたのは、日本人観光客が二組も来たことだ。女性三人のグループは大学時代の同級生だと言っていた。初老のふたり連れは夫婦。夫が定年退職したのを機に、世界各国を旅行しているのだと嬉しそうに話してくれた。

「お疲れ」

声をかけられ我に返った。精も根も尽き果てた碧人は、ちょっとだけと入り口近くの椅子《いす》に座り込んだまま動けなくなっていた。

「すみません、片づけを」

「片づけは俺がするから座ってろ。顔がゾンビだ」

「そんなわけには」

立ち上がろうとしたが、ほんの数秒でまた椅子に尻を落としてしまった。ふらふらする。アルバイトの女性が辞めてしまってから、冴久は毎日こんな仕事量をたったひとりでこなしているのだろうか。

「接客、初めてだったのか」

「はい」

最初に言えば、断られると思った。

「すみませんでした。あまりお役に立てなくて」

大きなミスはしなかったが、小さな失敗はたくさんあった。役に立つどころか逆に足を引っ張ってしまったかもしれない。

「七十五点」

「え？」

「同じ段差で三回も躓いたのがマイナス十点。注文を聞き間違えたのがマイナス五点。いらっしゃいませの声が小さかったのがマイナス五点。フィン語の発音がマイナス五点」

「もっといろいろミスったのに、点数が高すぎます」

「小さいミスを合計すると、さらにマイナス五十点くらいになるだろうな」

計算が合わない。碧人は首を傾《かし》げた。

「接客に心がこもっていた。だからプラス五十点」

「え……」

「呆れるほどどんくさくても、フィン語の発音が聞くに堪《た》えなくても、お客さんには伝わるんだ。この店が自分を歓迎してくれているかどうか。お前の態度には、お客さんに対する感謝の気持ちがちゃんと表れていた。一番大切なポイントで大幅加点だ」

――どうしよう。

頬《ほほ》がぽっぽと熱くなる。「ありがとうございます」と呟いて俯いた碧人に、冴久は「まあ初日にしては上出来だ」と口元を緩めた。

「あのさ、碧人」

「はい……あっ、はい、なんでしょうか」

初めて名前を呼ばれた。些細《ささい》なことなのに、鼓動はさらに大きくなる。

――ダメだ。

一体自分はどうしてしまったのだろう。

挙動不審になりそうで視線を窓の外に泳がせた時だ。入り口付近をうろうろする日本人女性の三人組を見つけた。見間違いでなければ、昼頃来店した女子大生のグループだ。

どうする？　入る？　やめる？　そんな会話が聞こえてきそうだ。厨房の冴久も気づいたらしく、目で碧人に「行ってみてくれ」と伝えた。碧人は頷き立ち上がった。

「先ほどはご来店ありがとうございました。どうかなさいましたか」

ドアを開けて尋ねると、真ん中の小柄な女の子が少し恥ずかしそうに一歩前へ出た。

「一緒に、写真を撮ってもらいたいって、この子が」

そう言って彼女は、右端でもじもじしている巻き毛の女の子を前に押し出した。

「ああ、写真ですね。ちょっと待ってくださいね、今シェフを呼んでき――」

「違うんです。シェフじゃなくて」

三人は、揃《そろ》って碧人をじーっと見つめていた。

「まさか、おれですか」

「ダメですか」

「ああ……いえ、そんなことは」

やったぁ、と巻き毛の子は飛び上がって喜んだ。

大事なお客さんだから断ることはできなかったが、碧人は写真を撮られるのが苦手だ。小学三年生の時、遠足の写真をからかわれたトラウマから、カメラを向けられると顔が不自然に引き攣《つ》ってしまうのだ。

それでも必死に笑顔らしきものを作ってどうにか写真に収まると、女子大生たちは満足して帰っていった。店内に戻ると冴久が薄笑いを浮かべて言った。

「どっちが苦手なんだ」

「え？」

「写真と女の子。ゾンビよりひどい顔してたぞ。こーんな」

冴久は泡のついた皿を手にしたまま地味にヘン顔をしてみせた。碧人は噴き出してしまう。

「写真です。撮られるの、すごく苦手なんです」

冴久はふうんと頷いただけで、なぜだとかいつからだとか尋ねることはしなかった。

何かを苦手になる原因は、往々にして人に話したいものではない。あえて聞かないことが冴久の優しさ、などと考えるのは穿《うが》ちすぎだろうか。

「碧人」

「はい」

「よかったら明日もまた手伝ってもらえないか」

冴久がエプロンを外しながら厨房から出てきた。

「え？」

「まだ日本に帰りたくないんだろ」

「それは……」

「本当は自分探しなんかじゃなく、誰かを訪ねてきたんじゃないのか。梅干しだのスルメだの、自分で食うために持ってきたわけじゃないんだろ」

あの梅干しやスルメが誰かへの土産だと、冴久はとっくに気づいていたらしい。

「実は、前に来た時にお世話になった人を訪ねようかと思っています。恩人なんです」

サンタクロースなんですとは、さすがに言えなかった。

「なら明日にでも行ってこいよ」

碧人は俯いて首を振る。

「探しに来たんです。詳しい住所がわからなくて」

父に尋ねれば、店の名前くらいは思い出してくれたかもしれない。しかしあのレストランをふたたび訪ねる理由を、誰にも話したくなかった。

「会えるかどうかもわからないのに、あんなに重い荷物背負ってきたのか。何人いるんだ、その恩人とやらは」

「ひとり……です。ありったけのお礼の気持ちをと思って」

冴久は呆れたように口を開き、何か言いかけてまた閉じてしまった。

昨日から一体何度呆れられただろう。

「つまり、しばらくは帰国しないんだな」

「昨日はなるべく早く帰国しようと思ったんですが、やっぱりお金が続く限りいようかな、と」

「なら決まりだ。昨夜泊まった部屋、空いているから帰国まで使えばいい。ここは交通の便もいいし、飯もつくぞ。出かけない日だけ、宿代がわりに店を手伝ってくれればいい」

「そんなっ、いくらなんでも虫がよすぎます」

「お前はホテル代を節約できて、滞在日数を延ばせる。俺は新しいバイトが見つかるまでの繋ぎができる。いいことずくめだ。何か問題あるか？」

「問題は？」

問題はない。ただ、あまりにありがたい申し出で、本当に受けていいのか迷ってしまったのだ。黙り込んでいると、目の前で冴久は腰を屈《かが》め、碧人の顔を斜め下から覗き込んだ。

いたずらっぽい表情なのに、見つめる瞳が蕩《とろ》けそうに優しくて、碧人は思わず首を振る。

「じゃ、そういうことで明日からよろしく」

「こ、こちらこそ」

碧人はあわあわとエプロンを外した。靴先を揃え、両手を体側にきっちりと添わせ、膝頭に額がくっつくほど深々と頭を下げた。

「ふつつか者ゆえいろいろと至らないとは思いますが、精一杯がんばりますので、ご指導ご鞭撻《べんたつ》のほどよろしくお願いいたします」

冴久は肩を震わせてクククッと笑い、「訂正だな」と言った。

「九十五点」

「はい？」

「そのバカのつく礼儀正しさに、プラス二十点」

「冴久さん……」

碧人はむん、と鼻の穴を広げた。

「一日も早く満点をいただけるよう、一生懸命がんばります」

「がんばるな」

「へ？」

「百点満点の人間は、好きじゃない」

笑いを噛み殺しながら冴久は厨房に戻っていく。

その横顔からは、昨日感じたよそよそしい冷たさが消えていた。

――冴久さん……。

不思議な人だ。ついうっとり見つめてしまいたくなるような風貌なのに、口を開けば辛辣《しんらつ》で、だけど細やかに人を観察し、独特の価値観を持っていて……。

明日から彼の元で働くことができる。

碧人は心の真ん中がほくほくと柔らかい熱を帯びていくのを感じていた。

最初の二、三日こそぎこちなさの抜けなかった碧人だが、働き出して五日も経つ頃にはいくらかスムーズに動けるようになった。フィンランド語は、毎夜冴久が特訓してくれたおかげでかなり上達した。それでも通じないところは身振り手振りでカバーした。

冴久に迷惑をかけたくない。というより冴久の喜ぶ顔が見たかった。

相変わらず淡々と、時に辛辣であまり表情を変えない冴久だが、一緒に暮らし仕事をするうち、碧人はその微妙な気分の違いを感じることができるようになっていった。わりと機嫌がいい時の顔、疲れ気味の時の声、味に納得していない時の仕草、ちょっぴり嬉しい時の口元。赤ん坊の泣き声を聞き分ける母親のように、碧人は自然に理解していった。

ヒューゴは毎日のように顔を見せた。「この時間にならないと休憩できないんです」と、ランチ客が引けて比較的客足の遠のく頃に、ひとりでふらりとやってくる。コーヒーを片手に日本語の本を読む姿に、冴久は「俺より日本人だ」と苦笑するが、確かにヒューゴは日本文化に造詣が深く、興味も知識も多岐に亘《わた》った。

その日ヒューゴは三冊ばかり日本の書籍を持ってきた。テーブルに置かれているのは医学雑誌と文庫本。夢中で読み入っているのはコミックらしい。

「ヒューゴさん、何を読んでるんですか」

他に客はいない。碧人は開いたページを横目でちらりと覗いた。

「ん？　これはね、『教室の壁際で愛を閉じ込めて』です。珠玉の名作です」

少女漫画らしい。

「そうそうアオト、この漢字はなんと読むのでしょう」

ヒューゴは傍《かたわ》らに置かれた文庫本を手に取り、付箋《ふせん》の貼られたページを開いた。どれどれと覗き込み、碧人はぎょっとした。官能小説だったのだ。ヒューゴの指した先には、『嫐』という漢字がある。

「これは『なぶる』と読みます」

「なぶる？」

「もてあそぶとか、いたぶるとか、そういう意味じゃないかと思います」

「なるほど、男と男の間に女が挟まれている。それで『なぶる』なのですね。いやはや日本語は奥が深いですね」

真っ昼間のカフェで『なぶる』とメモを取り、ヒューゴはまた少女コミックを読み始めた。その飽くなき向学心に碧人は心底感心しつつ苦笑した。

「アオトは、壁ドンを知っていますか。今、日本で大流行しているそうじゃないですか」

「ああ……聞いたことはありますけど」

「他にも床ドン、脚ドン、蝉《せみ》ドンなどというバリエーションもあるらしいですよ」

蝉に至ってはもはや状況すら浮かんでこない。

「アオトは、これらのドンのいずれかを実行した経験はありますか」

「まさか。そういうの、本当にやる人いるんでしょうか」

碧人の恋愛対象は、実は同性だ。悩んだ時期もあったが、今はそういう自分を受け入れている。なのでもし己《おのれ》の身になんらかのドンが訪れる日が来るとすれば、間違いなくする側ではなくされる側だろうが、今のところ残念ながら予定はない。

「憧れますねえ、壁ドン。この漫画のように女の子を壁際にドンッと乱暴に追いつめて、耳元で優しく囁《ささや》くのですよ。『どこへも行くな。お前が好きなんだ』」

「わ、今ちょっとキました」

冴久とは年齢もタイプも違うが、ヒューゴもかなり整った面立《おもだ》ちをしている。壁際でヒューゴに愛を囁かれたら、女の子はかなりの確率で落ちるに違いない。

「サクは知っていますか、壁ドン」

ディナー用のカリフラワーのポタージュを木杓子《きじゃくし》でかき混ぜながら、冴久は「何か言いましたか」と顔を覗かせた。

「壁ドンですよ」

「え？　何丼《なにどん》ですって？　残念ですがヒューゴの頼みでも、うちでは丼物《どんぶりもの》を出す予定はありませんから」

碧人はヒューゴと顔を見合わせて笑った。

冴久はスプーンでポタージュの味見をしている。「よし、美味しくできた」というように小さく頷きながら、唇の端についたポタージュを舌で軽く舐《な》め取った。

——うわ……。

ちらりと一瞬覗いた赤い舌が心臓を直撃した。見てはいけないものを見てしまったような気がして、碧人は慌てて視線を外す。

出会った時にも感じた。冴久の口元はかなり色っぽい。これでもかというほど端整な目鼻立ちの中、まるでそこだけを見ろと言われているような艶のある口元に、つい視線が吸い寄せられてしまう。

「サクが料理の味見をしている姿は、非常にエロいと思いませんか」

碧人の心を見透かしたようにヒューゴが囁いた。

「エ、エロいって……」

「『エロい』の使い方が違っていましたか？　エロティックだというニュアンスで言ったのですが。アオト、間違っていたら遠慮なく指摘してください」

「いえ、間違っていませんけど」

自分だけでなくヒューゴの目にも、冴久の口元はエロティックに映っているようだ。

「この間若い女性のお客さんが言っていましたよ。シェフが味見をする時の唇は、見ているだけで妊娠しそうだって」

「にっ……」

碧人はボッと音をたてんばかりに赤面した。

「冴久に壁ドンされたら、女の子はイチコロでしょうね」

ふふっと笑い、ヒューゴは「そろそろ戻ります」と立ち上がった。

――冴久さんに……壁ドン。

ダメだダメだ。夏の雲のようにもくもくと浮かんでくる妄想を必死に振り払う。

「碧人、そんなところで踊ってないで、ちょっとこっち手伝ってくれ」

「あ、はい！」

――仕事中だ。集中しなくちゃ。

自分を戒めるため、碧人は両手でパンと頬を叩いた。


閉店後は、冴久の部屋で遅い夕食をとる。ランチやディナーの残り物が多いが、何も残らなかった日は冴久が簡単な料理を作ってくれる。碧人がシャワーを浴びている間にささっと作り上げてしまうのだが、どれもこれも店で出すものと何が違うのだろうという美味しさで、碧人は毎夜、尊敬と恐縮と感謝で胸がいっぱいになるのだった。

その夜冴久は「ちょっと買うものがある」と、遅くまで開いている近所のスーパーマーケットに出かけていった。

預かった鍵で部屋に入る。キッチンが今朝出た時のままになっていたので、洗い物をすませた。食器を片づけながら何気なく戸棚を見ると、そこに思いがけず日本語の文字を見つけ、碧人は手を伸ばした。

「味噌だ」

いつからどういった経緯でヘルシンキに住みレストランを開いているのかはわからないが、冴久は日本人だ。自宅のキッチンに味噌があるということは、たまには日本食が欲しくなるのかもしれない。

碧人は「よし」と腕まくりをして、一番小さな鍋を取り出した。

土産に持ってきたかつお節でダシを取り、じゃがいもを入れ、柔らかくなったところで味噌を投入する。最後に冷蔵庫に半端に残っていた葉野菜を刻んで入れた。こんなことなら米も持ってくればよかった。重すぎて持ってこられなかったコシヒカリ一キロに思いを馳《は》せていると、冴久が帰ってきた。

「いい匂いがする」

入るなりくんくんと小鼻をひくつかせるところは、さすが料理人だ。

「すみません、キッチンをお借りしました」

冴久は鍋の蓋を持ち上げ、「お、作ったのか」と振り返った。

「はい。勝手にすみません」

「キッチンは好きに使えと言ったろ。美味《うま》そうだな」

「味の保証はないんですけど」

「実はダシを切らしてて、しばらく作れなかったんだ味噌汁。そうだちょっと待ってろ」

冴久は冷蔵庫から鱈《たら》の切り身を取り出すと、ものの十分で照り焼きにしてしまった。砂糖《さとう》醤油《しょうゆ》の香ばしい匂いに、お腹《なか》の虫が騒ぎ出した。

残り物のマカロニラーティッコとライ麦パン、そして鱈の照り焼きと味噌汁（碧人作）が本日の晩ご飯だ。ラーティッコはフィンランド風のグラタンとでも言えばいいだろうか。ホワイトソースを使わず卵と牛乳で仕上げるから、さっぱりとしていていくらでも食べられる。芬日《ふんにち》混合。恐ろしく脈絡のない取り合わせだが、並べてしまうと不思議なくらい違和感がなかった。テーブルにつくなり、冴久がスーパーの紙袋から瓶を取り出した。

「お酒ですか？」

「Siideri」

「シーデリ？」

「日本でいうところのシードルだ。キツイ酒はダメ、ビールも苦手。そう言っていただろ」

夕食の時、冴久は何かしらのアルコールを口にする。ワインだったりウォッカだったり、その日の気分でチョイスするのだが、碧人にはどれもアルコール度数がキツすぎた。

「もしかしておれのために……？」

冴久は答えず、ふたつ並んだグラスにシーデリを注いだ。

「りんごじゃなく、ベリーのシーデリだ」

飲んでみ、と目で促され、碧人はグラスに口をつけた。

「なにこれ、すっごく美味しい！」

爽やかでフルーティな香りが鼻から抜けていく。炭酸もさほどきつくない。

「だろ」

「こんなの飲んだことないです。なんだろうもう、なんだこれ珍百景って感じです」

零点どころか、もはやマイナスに振り切れそうなわけのわからないレポを繰り出す碧人を、冴久は満足そうに見ていた。

疲れた身体でわざわざ碧人のためにシーデリを買ってきてくれた冴久。久しぶりのアルコールと冴久の優しさが、碧人の胸をじわじわ熱くする。

「こっちも美味い」

味噌汁を啜り、冴久が頷いた。

「本当ですか」

「うん。本当に美味い」

「よかったです」

勢いで作ってみたものの、料理人に手料理を振る舞うというのはやはり暴挙だったと、内心ちょっと後悔していた。お世辞でも美味しいと言ってもらえてホッとした。

「かつおのダシが効いている。すごく丁寧に作った味だ。誰に習ったんだ」

「学校の調理実習です」

冴久はふっと笑い、本当に美味しそうに味噌汁を啜った。

「お前らしいな」

「え？」

「料理って、慣れてくるとだんだん手を抜きたくなるもんだ。日本食なら、きちんと米を研いだり味噌汁のダシを取ったり。そういう基本を忠実に守っているところが碧人らしいなと思った。しかもじゃがいも、形が奇跡のようにすべて同じだ。整然と一列に並んで行進しながら胃袋に進みそうだ」

「手を抜きたくなるほど料理をしたことがないだけです」

「お前は五十年作り続けても、毎日ちゃんと丁寧にダシを取るような気がする」

褒《ほ》められているのかバカにされているのか微妙なところだが、冴久が味噌汁をおかわりしてくれたことが答えなのだと思うことにした。

「そうだ。さっき、ありがとうございました」

「さっき？」

「写真です。助けてもらって」

夕方、イタリア人大学生の五人グループが来店した。わいわいと賑《にぎ》やかに食事をすませた彼女らから、またもや『ぜひ一緒に写真を撮りましょう』と声をかけられた。旅先での思い出のひとコマだ。精一杯の笑顔をと思うのだけれど、カメラを向けられた途端案の定心臓がドクドクいい出した。いつもより疲れていたのか気分が悪くなってきた。

——マズいかも。どうしよう。

冷たい汗を背中に感じた時、厨房から冴久が『碧人、電話だ』と出てきた。

『電話？』

驚く碧人に冴久は、素早く視線で『戻れ』と促した。そして『どうも。私がヘルシンキで一番美男子な東洋人ですが何か』と彼女たちの輪に入り、歓迎の喝采《かっさい》を浴びながら碧人の代わりに写真に収まってくれた。

「俺だってたまには冗談くらい言う」

照れ隠しなのか、冴久は大きめにちぎったライ麦パンをたて続けに頰張ったが、少なくとも彼女たちは冗談だと思っていなかっただろう。

「冴久さんが来てくれなかったら、倒れていたかもしれません」

「よっぽど苦手なんだな」

「カメラを向けられると、上手く笑えなくて」

「無理に笑う必要はないいんじゃないのか」

「……え？」

「笑おう笑おうと思うから、かえって笑えなくなるんじゃないのか」

シーデリでは物足りなかったのだろう、冴久は赤ワインのボトルを開けた。アルコールが入ると、冷たい印象の目元がほんの少し和らぐ。

この国では、ふたつの意味で酒が欠かせないと聞いたことがある。フィンランド人〝を〟語る時と、フィンランド人〝が〟語る時だ。酒を愛し、酒が入らないと本音を話せないほどシャイな民族。日本人の冴久もフィンランドで暮らすうち、その心にフィンランド人の血が流れるようになっていったのかもしれない。

「前にも言ったけど、自分が歓迎されているのかどうか、お客さんには伝わる。俺たちが思う以上に」

「でも」

笑顔ばかりの写真の中で、自分ひとりが無愛想にしていたら感じが悪いだろう。

「カメラを向けられた時だけ愛想よく笑ってみても、接客態度が悪かったら意味がない。オーダーを取る時も料理を運ぶ時も、店中のお客さんの様子にちゃんと目を配っている。どんなに忙しくても疲れていても、決して笑顔を絶やさない。写真の中のお前がちょっとくらい引き攣った顔をしていても、どうってことない」

「冴久さん……」

「仕事、何やってたんだ」

「事務です。普通の」

人と接する仕事には向いていないと思っていた。碧人自身も、おそらく周囲も。

「俺は、お前にはこっちの仕事の方が向いていると思うけど」

「こっちって、接客ですか」

冴久が頷く。開いたシャツの襟元《えりもと》から、引き締まった胸元が覗いている。脚のないグラスでラフに飲み干す姿は、様になりすぎて目の毒だ。

「笑顔なんてがんばって作るものじゃなく、誰かが引き出してくれるものだろ」

「引き出して？」

「ひとりで鏡に向かってニタニタしてるやつがいたらナルシストか変態だ。お前はモデルじゃないんだ。来てくれたお客さんを笑顔で迎えられたらそれでいい」

笑えなくてもいい。問題ない。

そんなことを言ってくれたのは、冴久が初めてだった。

「拾っとけよ」

冴久は顎で、碧人の手元を指した。

「へ？」

何か落としたろうかときょろきょろする碧人に、冴久はさらっと言った。

「今お前の目からぼろぼろと落ちたウロコ」

「あ……」

「あーあーこんなに大量に」

冴久はウロコを拾い集め、ゴミ箱に捨てる真似《まね》をした。

碧人はとうとう声をたてて笑ってしまった。なぜだか今夜は心がふわふわする。楽しくて嬉しくて、なのに時々涙が出そうになる。少し酔ったかもしれない。

今夜、碧人の笑顔を引き出してくれているのは、間違いなく目の間にいる冴久だ。

「ありがとうございます」

太股《ふともも》の上で両手を揃え、碧人は深く一礼した。

「置いてもらって働かせてもらっているだけでもありがたくて泣けそうなのに、こんなふうに励ましてもらって……本当にありがとうございます」

「別に励ましているつもりはない」

冴久はぷいっと横を向いてしまったが、その横顔はどこか柔らかい。

「いつかきちんとした形でお礼します」

「いらない」

「させてください」

「いらないって」

「いえ、そういうわけには――う、ぐっ」

にゅっと伸びてきた長い手が、碧人の頰をむぎゅっと挟んだ。左右から潰された唇が勝手に開き、碧人はじたばたと手を動かした。

「あに、ひゅんでひゅかっ」

「鳥の雛《ひな》みたいだ」

「はなひて、くらひゃい」

「心配すんな。どんな顔しててもお前は可愛《かわい》い」

「え？」

雛のまま目を見開く。冴久はなぜかしまったという顔をして、手を離して立ち上がった。

「どこに行くんですか」

「トイレ。ついてくるか？」

そう言って冴久はスタスタと廊下に出ていってしまった。

――なんか……。

完全にからかわれている気がする。碧人はテーブルに脱力気味に突っ伏した。

「……なんだったんだろ、今の」

『どんな顔しててもお前は可愛い』

思わず口走ってしまったという感じだった。可愛いにもいろいろな意味がある。犬、猫、ハムスターの尻、放送コードギリギリにクレージーな梨の妖精から巨漢のゲイまで、現代日本における『可愛い』の基準は無限に広がり続けている。

ヒューゴじゃないが日本語は奥深いのだ。けれど、大した意味はないとわかっていても胸の奥の敏感なエリアがうずうずと反応してしまう。

突然のプレゼントみたいな『可愛い』を反芻《はんすう》していると、冴久の足音が戻ってきた。

「おれもトイレ行こっと」

立ち上がり、廊下に出ようとしたところで身体がふらりとした。

思った以上に酔いが回っていたらしい。

「わっ」

「おっ、と」

素早く駆け寄ってきた冴久に脇を支えられ、廊下の壁に背中を預ける。

「す、すみません。結構飲んじゃいました」

てへっと笑ってみせたのに、冴久は心配そうに碧人を覗き込んだ。

「大丈夫か」

「大丈夫です」

そう言って身体を横にずらそうとすると、冴久の左腕がドンッと壁を突いた。

「冴久、さん?」

どうしたんですかと尋ねたいのに声が出ない。射竦《いすく》めるような強い瞳で見つめられて。

冴久の顔が近づいてくる。息が触れそうな距離。瞬きの音が聞こえそうだ。

このままじゃ乱れる鼓動に気づかれてしまう。こんな距離は、ダメだ。

ヒューゴの読んでいたコミックによれば、この後の台詞《せりふ》は……。

――『お前が好きなんだ』

ぎゅうっと目を閉じた碧人の上に、冴久の冷静な声が落ちてきた。

「早く行け」

「へ？」

予想と違う台詞に、碧人はきょとんと目を開けた。

「間に合わなくなるぞ」

「え？」

「漏らすなよ」

「バッ……」

目の前の胸板を押しのける前に、冴久はすっと身を引いた。その表情を確認する余裕もなく、碧人はトイレに駆け込んだ。自分で通せんぼしておいて、何が「早く行け」だ。

――からかわれた？　というか何考えてんだ、おれ。

胸のドキドキが収まらない。頰の火照《ほて》りも。

一瞬脳裏を掠《かす》めたのは、怖れだったのか期待だったのか。

『冴久に壁ドンされたら、女の子はイチコロでしょうね』

昼間のヒューゴの言葉が、頭の中をぐるぐる回った。

イチコロ。イチコロ。イチコロ。

――バカ。おれのバカ。

女の子は、とヒューゴは言ったのだ。壁をドンするのは、好きな女の子を動けなくするためだ。同居人の尿意の限界を試すためではない。

よろよろとダイニングに戻ると、冴久は何ごともなかったようにコーヒーを淹れていた。

「忘れるところだった。これ」

差し出された皿には、以前『余ったら食わせてやる』と約束していた、手作りのシナモンロールが載っていた。

「あ、やっと余ったんですか」

朝焼きのシナモンロールは『シニネン』の人気メニューのひとつだ。毎日開店と同時に焼き上がりを並べるのだが、瞬く間に売り切れてしまう。あまりの売れ行きに冴久は、時間をやりくりして午後にもう一度、朝と同じ数を焼くことにした。それでも夕方にはすべてなくなってしまうのだが、今日、ようやくひとつだけ残ったのだ。

「バカ。余って喜ぶやつがいるか」

「いただきます！」

猛然とかぶりつく碧人に、冴久は苦笑を隠さない。

予想通り申し分のない味で、碧人はついに立派な食レポを諦め、「なにこれ」「めっちゃ美味しい」ばかりを何度も繰り返した。

「このシナモンロール、絶対にヘルシンキで一番美味しいと思います」

太鼓判を押す碧人に、冴久はその長い人差し指をちっちと左右に振った。

「甘いな」

「え、甘さはこれくらいでちょうどいいですけど」

「そうじゃない。俺がヘルシンキで一番美味いと思うシナモンロールは、残念ながらうちのじゃない」

なんでも冴久が感服脱帽してしまうほど、完璧なシナモンロールがあるのだという。

「いろいろと研究してはいるけど、なかなかあの風味と食感に近づけない」

「これより美味しいなんて、おれには想像がつかないんですけど」

「カイヴォプイスト公園の近くにあるカフェだ。今度連れてってやる」

「本当ですか？」

ああ、と頷く冴久も、碧人と同じくらい嬉しそうな顔をしていた。

「俺としても試作を繰り返しているところだ。そうだな、クリスマス前には正真正銘ヘルシンキで一番美味いシナモンロールを完成させようと思っている」

「おれ、最初に試食したいです……あっ」

冴久は碧人の唇の端についたアイシングの欠片《かけら》を摘《つま》み取ると、無造作に自分の口に放り込んだ。そして「いい子にしてたらな」とちょっと意地悪に笑った。

子供じゃあるまいしとふくれっ面《つら》をしながら、碧人の心はほんわり温かくなっていった。


ヘルシンキ観光をしませんか。日本語堪能なガイドがご案内しますよ。

ヒューゴからそんな連絡をもらったのは、引ったくられたバッグを取り返してもらってから、ちょうど一週間目の朝だった。あの日と同じように『シニネン』は定休日で、ヒューゴは当然三人でと考えていたようだったが、生憎《あいにく》冴久は朝から同業者の会合があり参加できなかった。

「どうしましょう、来週にしましょうか。ああ、でも来週は私とサクの休みが合いませんね」

迷う碧人に、冴久は「いいから行ってこい」と言った。

「皿洗うためにフィンランドに来たわけじゃないだろ。ヒューゴが案内してくれるんだ。行きたかったところ、全部連れていってもらえ」

楽しんでこいと軽く手を振り見送ってくれた冴久を、碧人は何度も振り返ってしまった。

ヘルシンキ大聖堂の大階段に腰を下ろし、ウスペンスキー寺院ではその装飾の美しさに言葉を失った。マーケット広場を通り、フェリーに乗ってスオメンリンナ島にも渡った。

かつて父に連れられて訪れた場所もあったが、十四の年月が小さな少年だった碧人を大人にし、新しい感動を覚えることができた。ヘルシンキで生まれ育ったヒューゴのウイットに富んだ解説のおかげも大いにあった。

海岸沿いにあるカイヴォプイスト公園の近くに来た時、通りの向こうから「ヒューゴ！」と呼ぶ女性の声がした。振り向いた先にいたのは、若い女性だった。すらりとしたスタイルに長い髪が似合っている。遠目にもその美しさは際立っていた。

通りを挟んでにこにこと手を振り合ったが、言葉を交わすことなく彼女は行ってしまった。

「姪《めい》のエリーサです」

背中を見送りながら、ヒューゴが紹介してくれた。

「姪御《めいご》さんですか。すごくきれいな方ですね」

そういえば目元のあたりがヒューゴに似ていた。

「彼女はヘルシンキ大学の大学院生で、毎日とても忙しいのです。彼女の両親、つまり私の姉夫婦は、彼女が研究にばかり没頭して恋人を連れてくる気配がさっぱりないと心配しています。彼女は今年二十六歳になります。このままではせっかくの美貌も宝の持ち腐れだと」

姉は娘を心配するあまり「あなたの病院に誰か素敵な男性はいないの？」としょっちゅう連絡をよこすのだとヒューゴは肩を竦めた。

「ほら、カイヴォプイスト公園が見えてきました」

海からの風が心地よい。散策しながら、ヒューゴが急に「碧人、小腹が減りませんか」と尋ねた。こぢんまりとした古いカフェの前だった。

「そういえばちょっと」

「このカフェのシナモンロールは絶品なんです」

見れば店の前には、店頭販売のパンを買う人の列ができていた。一番の売れ筋はやはりシナモンロールらしく、他のパンの半分ほどしか残っていない。

「サクが『ヘルシンキで一番美味しい』と太鼓判を押しているくらいです」

「あ……」

おそらくここは、冴久が『今度連れていってやる』と約束してくれた店に違いない。

「碧人、ひとつでいいですか？　それともふたつ食べますか？」

列の最後尾に並びながら、ヒューゴはジャケットの胸ポケットから財布を取り出した。

「ヒューゴさん、ここはおれが」

碧人も慌てて尻ポケットから薄っぺらい財布を引っ張り出した。

「アオト、今日は私に任せてください」

「そういうわけにはいきません」

二つ折りの財布を開く碧人を、ヒューゴは手で制した。

「今私は感動しています。リアル〝レジ前のおばさん〟を体験することができました」

「レジ前のおばさん？」

「日本では、レジの前でマダムたちが、ここは私が、いえ私が、いいからいいからと、しばしば美しい揉めごとを起こすと聞きました。まさに今のアオトと私ですね」

ヒューゴはうっとりと語った。

「今日はその〝のし梅〟のようにぺらぺらのお財布は、バッグの底にしまってくださいアオト。その代わりまた、難しい漢字を教えてください」

「ヒューゴさん……」

ヒューゴといい冴久といい、自分を甘やかしすぎている気がする。

「ではお言葉に甘えます、ていうか本当にすみません。このご恩はいつかちゃんとお返ししします。倍返し、いえ十倍返しで」

恐縮のあまり、碧人は深々と一礼した。

「まったく、サクの言う通りですね」

えっ、と顔を上げるとヒューゴがクスクス笑い出した。

「サクは、きみがとても面白い子だと言っていました」

「面白い？　おれが、ですか」

碧人は目を瞬かせる。面白味がないの間違いではないだろうか。

「貴重品の入ったバッグを引ったくられるような、えーっと、なんでしたっけ、盆暮れ？」

「……ボンクラだと思います」

自分で言うと泣けてくる。

「そうですそうです、ボンクラ。最初はそう思ったそうです」

「まったくもってその通りです」

「ところが翌日いきなり真顔で『働かせてくれ』と言い出すものだから、面食らったと言っていました。抜けているけれど、腑抜《ふぬ》けではないらしい。なんかお前ちょっとズレていないかい？　と思わせておいてか〜ら〜の〜、筋金入りのクソ真面目&几帳面《きちょうめん》。毎朝ベッドカバーが分度器で測ったようにきちんと直されているので、サクはきみがベッドを使わず床で寝ているのかと、数日間真剣に疑っていたようです」

今度は碧人が笑う番だった。人様のベッドを借りているのだから元通りに直すのは当然のことだが、冴久がそれに気づいていたことに驚いた。笑いながらなんだかドキドキした。

「単に習慣です。融通が利かないんですね」

「サクが自分から電話をしてきて、誰かの話をするなんて初めてのことです。私はとても驚いています」

「そうなんですか」

「ほら、ぶっちゃけサクって愛想がないでしょ」

碧人は噴き出した。ぶっちゃけ、確かに愛想がいいとは言えない。

「だからかえってわかるのですよ。彼がここ数日、とても機嫌がいいことが」

ヒューゴが日だまりみたいににっこり微笑《ほほえ》んだところで、順番が回ってきた。

「シナモンロールを――」

「ヒューゴ、ごめんなさい」

一日の九割方を無表情で過ごしている冴久。一体どんな顔でヒューゴに電話したのだろう。どんな声で『面白い子』と話したのだろう。今朝、楽しんでこいと手を振ってくれた冴久。ちょっと照れたような顔が脳裏から離れない。

「おれ、シナモンロールじゃなくてこっちの、チョコレートがいっぱいかかった方にしてもいいですか」

「え？　人気ナンバーワンのシナモンロールじゃなくて、まさかのチョコロールですか」

驚くヒューゴに碧人は、申し訳なさを押し隠した渾身《こんしん》の嘘をついた。

「なんでか今、すっごくチョコレートの気分なんです。チョコの神さま降臨？　みたいな」

「神さまが後ろのタイヤに轢《ひ》かれたのですか？　それはトラックか何かですか？」

「その〝後輪〟じゃなく……後で漢字を教えます」

まだまだ勉強が足りませんとうな垂れながら、ヒューゴはシナモンロールと、これでもかとチョコレートがコーティングされたチョコロールをひとつずつ注文してくれた。

本当は食べてみたかった。冴久が絶賛するくらいだから、きっとほっぺたが落ちるほど美味しいシナモンロールなのだろう。

でも約束だから。この店のシナモンロールは冴久とふたりで食べるのだ。

半端な時間にパンを食べてしまったので、夕食はバーで軽くすませることにした。

ヒューゴはウォッカを、碧人は覚えたてのシーデリを注文した。

「アオトはこれを知っていますか」

乾杯するなりヒューゴがポケットから小さな箱を取り出した。パッケージに見覚えがある。

「サルミアッキですね」

サルミアッキはフィンランドの飴《あめ》だ。十四年前に一度だけ食べたことがある。というより食べてしまったのだ。『食べてごらん』と碧人に飴を手渡した父の、意味深な笑顔を今も忘れることはできない。

「昔一度食べて、その場で吐き出しました」

「大変クセのある味ですからね」

クセのあるなどという生易しいレベルではない。端的に言って不味《まず》い。激マズだ。はっきり言って碧人はサルミアッキを人間の食べ物と認めていない。

「知っていますかアオト。サルミアッキは三つ以上一度に食べると、味が変わるんですよ」

「そうなんですか？」

それは初耳だった。ガイドブックにそんな情報はなかったし、父から聞いた記憶もない。

「碧人はその時、何粒食べましたか」

「ひと粒です」

「おう、それはお気の毒でした」

ヒューゴは白黒模様の箱を開け、逆さに振る。歪《いびつ》な黒い飴玉が三つ、取り皿の上に転がり落ちた。ヒューゴは皿を碧人の前に置きにっこりと笑った。

「本当に味が違うんですか」

「確かめてみますか」

ひとつ食べて不味いものが三つ食べると美味しくなる。半信半疑どころか一信九疑くらいの胡散臭い話だが、考えてみればこんな不味い飴が売れているということは、美味しい食べ方があるからなのではないだろうか。

ごくりと喉《のど》が鳴った。美味しそうだからではなく、緊張から。

「いただきます」

脳内の警鐘を無視し、碧人は三つの黒い粒をえいっと口の中に放り込んだ。

「あっ」

ヒューゴは目を見開き、通りかかった店員に慌てた様子で何かを耳打ちした。

最初はなんの味もない。匂いがまったくないのがこの飴の特徴だ。あの時もそれで騙《だま》された。しかし噛んでいくうち、だんだんと口の中に形容しがたいアンモニアのような味が、じわ～っと、ぐにゅ～っと……。

「んっ？　んーっ！」

ここはバーだ。たくさんの客がいる。

「んんーーーっ！」

碧人は口元を両手で押さえて悶絶《もんぜつ》した。手元にあったシーデリをごくごくと一気に飲み干し、その勢いでもって小さな黒い悪魔たちを胃に送り込んだ。

「ヒューゴさんっ！」

衝撃の余韻の去らない碧人が涙目で睨《にら》むと、ヒューゴは「おお、碧人、すみませんでした」と眉をハの字にした。ヒューゴに耳打ちされた店員が大急ぎで水を運んでくる。「お口直しにどうぞ」とスモークサーモンのカナッペをサービスしてくれたが、去り際に堪《こら》えきれずといった様子で背中を震わせ、小さく噴き出した。

その後ろ姿につられ、碧人もヒューゴと一緒に笑い出してしまった。

「騙すなんてひどいですよぉ、もう。ひと粒でも致死量なのに三つなんて」

「ごめんなさい。本当に三つ一度に口に入れるとは思わなくて。本当に純真な人ですね」

「日本語の使い方が間違っています。おれみたいなのはバカ正直って言うんです。しかもヒューゴさん、おれが悶《もだ》えている間に写メしましたよね」

「あ、バレていましたか」

「誰に送ったんですか」

「サクに送りました」

今朝、碧人が出かける支度をしている間、冴久はヒューゴに言ったという。

「アオトは無防備だから、誘拐されたりしないように終始見張っていてください。美味しい飴だよなんてサルミアッキをもらったら、なんの疑いもなく口に入れてしまうはずだから、ちゃんと監視していてください。サクは私にそう頼みました」

「誘拐って……」

幼稚園児じゃあるまいし。けれど激しく鳴り響く心の警告音を無視し、三粒まとめて口に入れたのだから、結局碧人の防備力は幼稚園児並ということなのだろう。

悶絶する碧人の写真は笑っているようにも見えた。ヒューゴは写真に『サルミアッキを食べてしまいましたが、誘拐はされていませんので安心してください（笑）』という一文まで添えていた。

「あ、早速サクから返事が来ましたよ」

碧人はヒューゴと一緒にスマートフォンを覗き込む。

「『よろしくお願いします』だそうです。おぉ……なんと簡潔な」

あまりの素っ気なさにふたりは顔を見合わせて笑った。

「愛想は期待できませんが、ぶっちゃけ私はサクが好きですよ。とても信頼しています」

グラスを傾けながら、ヒューゴが優しく微笑んだ。

「おれも……」

好きですと言いかけて呑み込んだ。

口にした途端、言葉が気持ちを超えて膨らみ出し、手がつけられなくなるような気がした。

「ぶっちゃけ、とてもよくしてもらっています」

ヒューゴは頷いた。

「年端もいかない頃に日本からこの国へやってきて、決して口には出しませんでしたが、辛いことも多かったと思うのです」

「え？　冴久さん、小さい頃は日本に住んでいたんですか？」

「彼から聞いていませんか？」

碧人は首を横に振った。

あらためて思う。冴久が碧人について、碧人が冴久について、知っていることは本当に限られている。当たり前のことなのに、言いようのない寂しさを覚えた。

「苦労は時に人をねじ曲げてしまいますが、ねじ曲がらなかった人は強く優しくなります」

冴久は後者なのだ。ヒューゴの穏やかな瞳がそう言っていた。

「そろそろ帰りましょうかアオト。ああ見えてサクはわりと心配性ですからね」

気づけば窓の外はもう暗くなっていた。

エスプラナーディ通りの角でヒューゴと別れた。ヒューゴは『冴久との約束ですから店の前まで送ります』と言ってくれたが、この距離なら幼稚園児でも誘拐されない。日没時間の違いから、まだ宵の口という気がするが、腕時計の針は午後十時半を指していた。碧人にしてはかなり飲んだが、気分は悪くなかった。頭上で星が瞬いている。

本当に楽しい一日だった。帰ったら何から話そうか。

あれも話したい。これも聞いてほしい。冴久はどんな顔をするだろう。きっと興味なさそうな顔でひと言「よかったな」と言うのだろう。

気づけば冴久のことばかり考えていた。ヒューゴといる間もずっと。

早く冴久の顔が見たくて、薄暗い道を脇目もふらずに歩いた。

『シニネン』まで数十メートルのところまで来た時、前から歩いてきた若い男に声をかけられた。一瞬また引ったくりかと身構えたが、清潔そうなスーツ姿と穏やかな物腰は、物取りの類《たぐい》とは無縁のようだった。

「すみません、私はフィンランド語がほとんど話せません」

覚えたてのフィンランド語でなんとか伝えたが、男は「構いませんよ」と笑顔で近づいてくる。断片的に理解できる単語から、男が「これから一緒に飲みませんか」と言っていることがわかった。付き合う意思はないと伝えたが、発音が悪いのか男は理解できない様子で、あろうことか碧人の腕を摑もうとする。

「ちょ、っと」

さすがに身を引いた。男を避けて進もうとするが、両腕を広げ行く手を阻まれてしまう。

「お、大声出しますよ」

しつこく伸びてくる男の腕を払いながら、碧人は一歩二歩と後ずさった。

もう一度男が碧人の腕に手をかけようとした時だ。

「何してるんだ！」

暗がりから、足音と声が近づいてきた。男は伸ばしていた腕を引っ込め、背後に迫りつつある影を振り返った。

「冴久さん！」

男の代わりに碧人の腕を引いたのは冴久だった。碧人を素早く自分の後ろに回し、厳しい口調で男にひと言何か言い放ち、追い払った。

去っていく男の背中が見えなくなると、冴久は碧人を見下ろした。安堵《あんど》する碧人とは対象的に、冴久の声はまだ強ばったままだ。

「怪我は？」

「大丈夫です。あの、ありが――」

ありがとうを言い終わる前に、冴久は碧人の腕を摑んだまま大股《おおまた》で歩き出した。強く摑まれた場所が痛くて、冴久が怒っているのだとわかった。

玄関の鍵を閉めると、冴久は碧人の腕を乱暴に離した。

「何を考えているんだ」

「……え？」

「ヒューゴから『今そこの角で別れた』と連絡があったのになかなか帰ってこないから、もしやと思って出てきてみれば」

「すみませんでした」

「大声出しますよじゃないだろ。宣言する前に大声出せ。走って逃げろ」

「ナンパだって気づかなくて」

「ナンパだけですまなかった可能性だってあったんだぞ。ここいらの治安は悪くないけど、夜中にお前みたいな……そんな顔でふらふら歩いていたら、場合によっちゃ東京より危ない」

そんな顔ってどんな顔なのだろう。窓に映る自分の顔は、どこにでもいる普通の男だ。

「道を聞かれたのかナンパなのか、わからなくなるまで飲むな」

冴久は苛立《いらだ》ちを隠そうとしない。

「そんなに酔っていません。フィン語がわからないから……」

「ヒューゴもヒューゴだ。アパートの前まで送る約束だったのに」

「ヒューゴさんのせいじゃありません」

自分の失態でヒューゴが悪者になってしまうなんて耐えられなかった。

「おれが断ったんです。大丈夫だからって。だからヒューゴさんを悪く言わないでください」

冴久が好きだと言っていた。とても信頼していると。

冴久だって同じ気持ちのはずなのに。そう思ったら悲しみがこみ上げてきた。

うな垂れる碧人の頭上に、ひどく尖《とが》った声が落ちてきた。

「写真、苦手なんじゃなかったのか」

「……え」

「ちゃんとカメラに向かって笑えるんじゃないか」

のろりと顔を上げると、冴久の手にはスマホが握られていた。ヒューゴが送った写真のことを言っているのだろう。

「これは、気づいた時には、シャッターを」

言い訳を呑み込んだ。これ以上しゃべったら冴久の前で泣き出してしまいそうだった。

「ご迷惑ばかりおかけしてすみませんでした」

ようやくそれだけ言うと、碧人はベッドルームに駆け込んだ。

ドアを閉めベッドに腰かけた途端、視界が滲んだ。

冴久を怒らせてしまった。それ以上に、自分の甘さから冴久とヒューゴの関係に傷をつけてしまったことが悲しかった。

碧人は無防備だからと冴久はヒューゴに言ったという。たった一週間の間に引ったくりに遭い、夜道でナンパされるのだから、無防備というより無思慮で軽率なバカ者だ。

実を言うと、今日はサンタクロース（鬚のシェフ）の店を探しに行くつもりだった。ヒューゴに相談すればきっと一緒に探してくれただろうが、碧人はそうしなかった。レストランのある湖の場所が曖昧な上、ヘルシンキ市内から車で一時間以上かかった記憶がある。そんなあやふやなことに付き合わせるわけにはいかないと思ったのだ。

――来週こそ探しに行かないと。

ヒップバッグから手紙の入った桐の小箱を取り出した。

目的を忘れたわけではない。冴久は「好きな時に行ってこい。店はなんとかなるから」と言ってくれるが、目の回るような忙しさを知ってしまったからには、はいそうですかと店を放り出すわけにはいかない。

――けど。

自分は一体いつまでここに留《とど》まるつもりなのだろう。当初の計画では滞在は十日ほどの予定だった。本来なら明後日《あさって》には帰国するはずだったのだ。

――帰った方がいいのかもしれない。

明日ここを出て、あのレストランを探しに行こう。明後日の飛行機が予約できなければなどこかで野宿すればいい。碧人は小さな桐の箱を、胸にぎゅっと抱き締めた。

今夜のうちに荷物をまとめておこうとリュックサックを開いた時、コン、とひとつドアがノックされた。碧人は慌てて箱をバッグにしまう。

「入っていいか」

「……どうぞ」

冴久がのそりと入ってきた。涙は零さなかったけれどきっと目元が赤くなっている。泣きそうになっていたことに気づかれたくなくて、碧人は下を向いた。

「なんていうか、その、つまり」

珍しく歯切れが悪い。冴久はしばらく言葉を選ぶように沈黙し、ひと言呟いた。

「悪かった」

ゆっくりと上げた碧人の顔を見るや、冴久はどこか痛めたようにその表情を歪めた。

「俺が悪かった。言いすぎた。お前は絡まれただけで、ひとつも悪くないのに」

「……いえ」

悪いのは自分だと、碧人は首を振った。

「お前やヒューゴに対して腹をたてたわけじゃないんだ。お前が危険な目に遭ったことが腹だたしかった。それだけだ。せっかくヒューゴと一日楽しく過ごしてきたのに、最後に嫌な気分にさせて……ごめん」

首を振ることしかできない。声を出したら今度こそ泣いてしまいそうで。

「泣くなよ」

必死に涙を堪える碧人の頭に、冴久はその大きな手のひらをぽん、と載せた。

「泣いてません。まだ」

情けないくらい声が震える。

「お前に泣かれると困る。どうしていいのか……わからない」

髪をくしゃっと撫でられた瞬間、碧人のがんばりは意味を成さなくなった。

涙がじわっと滲んで眦《まなじり》を濡《ぬ》らした。

「お、おい、頼むから泣くなって」

本当にどうしたらいいのかわからない様子で、冴久はうろたえた。

「だって、冴久さん、がっ」

「だから謝ってるだろ」

「違っ、くて」

優しくするから泣けるのだと、伝えたいのに言葉にならない。

「ああもう、鼻水垂れてんだろ」

冴久は手早く傍らのティッシュを引き抜きながら、碧人の隣に腰を下ろした。

「ちーんして」

幼少期にすり込まれた反応というのは恐ろしい。鼻にティッシュを宛がわれた碧人は、条件反射でずずーっと豪快に鼻をかんでしまった。

「じ、自分でします」

「いいからほら、もう一回ちーん」

結局二回もちーんとさせられてしまった。

二十年ぶりのちーんを促したその手は、母親の手のように白くも柔らかくもなかったが、胸の奥がぐずぐずになるほど甘く優しかった。

「帰るのか、日本に」

冴久の視線は、開いたままのリュックサックに注がれていた。

「………」

答えられなかった。ここが本来の自分の居場所でないことはわかっている。けれど帰りたいかと問われたら、答えは「ノー」だ。俯いたまま小さく首を横に振ると、横で冴久がふっと微笑む気配がした。かすかに触れる逞しい腕から、力が抜けていくのがわかった。

「まだここにいてもいいんですか、おれ」

「いいに決まってるだろ」

「おれ、少しは役に立てていますか？」

「少しどころか」

冴久は碧人の顔を覗き込むように、大きくひとつ頷いた。

「碧人に帰られたら、俺が泣く」

あまりにも真剣な顔で言うものだから、碧人は思わず噴き出した。

「嘘ばっかり」

「嘘じゃない」

「冴久さんが泣くところなんて想像できません」

「人をそんな血も涙もない人間みたいに」

「正直最初は怖かったです」

無愛想で無口で、苦手なタイプだと思った。

「今もか」

「え？」

「今も怖い？」

顔が近づいてくる。

一昨日《おととい》の壁ドンもどきが蘇り、碧人の心臓はひとたまりもなく暴れ出す。

「今は……」

怖くないですと、蚊《か》の鳴くような声で答えた。

冴久は口元に穏やかな笑みを浮かべ「明日からまたよろしく」と部屋を出ていった。

碧人はへなへなとベッドに横たわる。

冴久をもう怖いとは思わない。態度は無骨だが、その心根に宿る温《ぬく》もりを知ったから。

けれど今度は、別の感情が碧人の胸を侵し始めていた。

それはずっと一緒にいられるはずもない冴久と、こんなにも離れたくないと思ってしまうことへの戸惑いにも似た怖れだった。


その夜は珍しくラストオーダーの前に客が引けた。夕刻から降り出した雨のせいか窓の外を行き交う人もまばらだ。冴久とふたりして通りを眺めながら、少し早いけれど店じまいの準備をしようかと話していると、男がひとりふらりと入ってきた。

碧人は解きかけていたエプロンの紐《ひも》を結び直し、グラスに水を注いだ。

テーブルに近づく途中で気づいた。男の目は完全に据わっている。

「いらっしゃいませ。間もなくラストオーダーとなりますが、よろしいでしょうか」

拙いフィンランド語で伝えると、男は碧人をじろりと睨み上げた。

ぷんとアルコールの匂いがした。

「お前、新しいバイトか」

低い呟きに、碧人は黙って頷いた。碧人が新入りだとわかっているところをみると、今日が初めての来店ではないらしい。

男はムスタマッカラ（豚の血を混ぜたソーセージ）と、ウォッカを注文した。厨房に戻りオーダーを告げると、冴久が小声で囁いた。

「何を言われた」

「新しいバイトかって」

冴久は眉間《みけん》に小さな皺を寄せた。

「何か言われても相手にするな」

「はい。だいぶ飲まれているようですけど、常連さんなんですか」

冴久は「いや」と小さく首を振った。男は椅子にふんぞり返りこちらを睨みつけているが、冴久は視線を合わせない。どうやら面倒な客らしいということは伝わってきた。

「料理は俺が運ぶ。お前は二番を片づけてこい」

「わかりました」

碧人はとりあえず男にウォッカを出すと、通りに面した二番テーブルの皿を下げに向かった。背中に刺さるような視線を感じる。さっきまで客たちの楽しげな話し声が響いていた店内が、一気に不穏な空気に包まれた。

空いた二番テーブルを布巾で拭いていると、「おい」と男の声がした。

「はい」

「料理はまだか」

注文から二分も経っていない。

「申し訳ありません。もう少々お待ちいただけ――」

「俺は腹が減ってるんだ。早く持ってこい」

ドンッとグラスを置く音に、碧人は身を竦ませる。グラスからウォッカがテーブルに飛び散った。男は厨房の方を睨み、ぶつぶつと何か呟いている。完全には理解できないが、おそらく「ひとりしかいない客を待たせるのか」というようなことだろう。

碧人は一礼し、厨房に戻った。冴久の手元にはすでに付け合わせの載った皿が用意されていた。いつも以上に手早い。あとはムスタマッカラが焼けるのを待つだけだ。

「バイト！　ちょっと来い」

男が呼んでいる。向かおうとする碧人を、冴久は「行かなくていい」と止めた。

「でも」

「冷蔵庫からジャムを出してくれ」

碧人は冷蔵庫からコケモモのジャムを取り出した。レバーに似た少しクセのあるムスタマッカラに、甘みを抑えたコケモモのジャムはとてもよく合う。ソーセージもジャムももちろん冴久の手製で、碧人も時々ご相伴《しょうばん》にあずかる。

ようやく焼き上がったムスタマッカラを、冴久が皿に載せた。

「客を無視するのかぁ」

男の声が次第に大きくなる。

「おれ、持っていきます」

「俺が持っていく」

冴久がトレーに手をかけた時、店の電話が鳴った。

「おれが行きますから、出てください」

冴久は無言のまま少し逡巡《しゅんじゅん》し、男の様子を横目で気にしながら受話器を上げた。

「はい、『シニネン』です……いつもありがとうございます」

電話は週末の予約だったらしく、冴久はカレンダーを見ながらメモを取っている。碧人は美味しそうな湯気を上げるムスタマッカラを、男のテーブルに運んだ。

「大変お待たせいたしました」

ウォッカを呷《あお》りながら男が視線を上げた。

「なぜすぐに来ない」

「すみませんでした」

冴久の電話はまだ終わらない。応対をしながら碧人の様子を気にしている。

男がぶつぶつと何か呟く。「バカにしやがって」というひと言だけはなんとか理解できた。

「ごゆっくりどうぞ」

一礼した碧人の足元に、カランと音をたててフォークが落ちた。

「拾ってくれ」

わざと落としたのだろう、男がにやついている。碧人はフォークを拾い上げ、「新しいものをお持ちします」と背を向けた。しかしすぐにまた、今度はナイフが落とされた。

「おっと、また落としちまった」

碧人がナイフを拾い上げないうちに、男が落としたスプーンが指先に当たった。

——言わなくちゃ。

碧人は立ち上がった。

深く息を吸い、腹に手を当て、へそのあたりに力を入れた。

意識してそうしたわけではない。それはもう長年の習わしだった。

——大丈夫。勇気はここに……。

唱え終わる前に、ガシャン！　と激しい音がした。

たった今運んできた料理が、割れた皿と一緒に床にぶちまけられている。無残に転がったムスタマッカラからは、まだ湯気が上がっていた。

「不味い。食えたもんじゃない」

男は楽しげに言い放った。

脳裏に、毎朝早くから料理の仕込みをする冴久の真剣な横顔が浮かんだ。

冴久は決して手を抜かない。少し陰のある俳優のような面立ちで、訪れる女性客のハートを鷲《わし》づかみにしているくせに、その心の中は頑固な職人そのものだ。料理人というより料理職人。ひと皿ひと皿が、北川冴久の命の結晶なのだ。

その魂のひと皿をこの男は……。

「ふざけるなよ」

唸《うな》るように口を突いた日本語が通じるわけもないが、碧人の表情が消えたのを男は見逃さなかった。皮肉なことだが、気色ばむふたりに言葉の国境はなかった。

男がよろりと立ち上がる。フィンランド語で何か叫んだ。

理解はできなかったが少なくとも友好的な言葉でないことはわかった。

「ふざけんな！　謝れ！」

椅子の倒れる音と、碧人の叫びが重なった。男も叫ぶ。

興奮した男に胸を強く突かれ、碧人は料理の散らばった床に強《したた》かに尻もちをついた。

「碧人！」

冴久が奥から飛んできた。

ほぼ同時に店のドアが開き、「兄さん！」と若い女性が飛び込んできた。

「碧人、大丈夫か」

碧人は頷き、冴久に肩を借りて立ち上がった。

女性は血相を変え、男に駆け寄る。兄さんと呼ぶところをみると男の妹なのだろう。

「兄さん、どうしてここにいるのよ！　なんでこんなことするのよ！」

「マイラ、俺はお前の敵を取ってやろうと」

「バカなことしないで！」

女性は男の肩を揺さぶりながら泣き出した。そして冴久に向かって「ごめんなさい」と何度も頭を下げた。料理代と割れた食器代は弁償します。本当は妹思いの優しい兄なんです。今日はちょっとお酒が入ってしまって。だから許してやってください。お願いします——。

土下座せんばかりに謝る彼女を、冴久は責めなかった。

彼女が男を連れて店を出ていくと、冴久がもう一度尋ねた。

「碧人、大丈夫か」

「はい、大丈夫……痛っ」

太股の付け根あたりに、ズキンと鋭い痛みを感じた。ぬるりとした生温かい物が、太股の裏側を流れるのを感じる。

「どうした」

「いえ……多分、なんでもないと」

恐る恐る痛む部分に手をやった。コットンパンツが湿っている。

「あ……」

触れた指先が赤く染まっていた。

——血……。

頭からすーっと血の気が引いた。目の前が暗くなる。

「碧人！」

床にへたり込みそうになる碧人を、冴久の逞しい二本の腕が抱きとめた。


ヒューゴが外科医だと知ったのは、『シニネン』で働き始めて三日目くらいだっただろうか。碧人は内心ちょっと驚いた。穏やかな印象から勝手に内科系ではないかと想像していたからだ。メスを握ると人格が変わるんですよねーと、やはり優しげな瞳で笑っていたヒューゴに、まさか傷の手当をしてもらう時が来るとは思ってもみなかった。

「縫合するかどうか微妙な深さですけど、出血はほとんど止まっているようですから消毒だけにしておきましょう。しかし激しく動いたりすると傷口がぱっくりと開いてふたたび出血してしまいますからね。放っておくと化膿《かのう》して痛み出しますから縫うしかないでしょう。それが嫌ならアオト、今夜は大人しくしていることです。いいですね」

微妙に恐ろしいことを丁寧な口調で告げながら、ヒューゴはカルテを看護師に手渡す。治療を終えても座ることのできない碧人は、ベッドに俯せたまま「はい」と力なく頷いた。

廊下で待っているようにと命じられた冴久はとても不満そうだったが、消毒がすんでようやく診察室に入ることを許可され、碧人と一緒にヒューゴの説明を受けた。

「本当に縫わなくて大丈夫なんでしょうね」

「大丈夫ですよ」

「傷の中に破片が残ったりはしていないんですね」

「サク、今レントゲンを見せたでしょ」

何を聞いていたのですかとヒューゴは肩を竦めて苦笑する。

ヒューゴが呆れるのも仕方のないことだった。太股の裏を皿の破片で切ったと気づいた瞬間、碧人は脳貧血を起こした。痛みからではなく、単に突然の流血にショックを受けただけだったのだが、そうとは知らない冴久は大いに慌てた。すぐにヒューゴに連絡を取り、碧人の腰を大きなバスタオルで包むと車の後部座席に乗せ、Ｆ１本戦のスタート並にエンジンを吹かした。

『大丈夫か、碧人』

『はい……』

『もうすぐ着くからな。がんばれよ！』

碧人は冴久の口から『死ぬなよ！』が飛び出すのではないかとドキドキしていた。運転中何度も後ろを振り返るので、途中からは自分の傷より交通事故が心配だったし、身体にかかるＧの感触から、法定速度を遵守しているようには思えなかった。

「それほど深い傷ではないと言いましたよね。今夜は多少痛むかもしれませんが……」

「痛み止めをお願いします。化膿止めの抗生物質とかも」

「ちゃんと処方しましたから心配いりませんよ」

「一番効くやつですか?」

「……サク」

なおも食い下がる冴久に、ヒューゴは大きなため息をついた。

「アオトが心配なのはわかりますが、私をヤブ医者扱いするなんて、ちょっとひどいんじゃないですか」

「ヤブだなんて」

「私はどんな時でも患者さんに一番適切と思われる処置をし、必要と判断すれば薬を処方しているつもりです。自分の親でも、親の敵でも判断は同じです。それが仕事ですから」

小さく睨まれ、冴久はさすがにうな垂れる。

「すみませんでした」

「アオトの傷より、私はあなたが心配ですよサク。なんだか目がこんなふうになっています」

ヒューゴは両方の眦を、指できゅっと持ち上げてみせ、それからふふっと笑った。

「アオト、怪我をしてしまったことはお気の毒ですが、ある意味ラッキーでしたね」

碧人は俯せたまま、きょとんとする。

「ラッキー?」

「サクがこんなに取り乱したところを、私は初めて見ました。赤道直下でオーロラを見たのと同じくらい驚きました。実に珍しいものを見ました」

「はは……」

半笑いで冴久を見上げると、バツの悪そうな顔で鼻の頭を掻《か》いていた。


帰りの車の中で冴久は、マイラが先日まで『シニネン』でアルバイトをしていた女性だと話してくれた。なんとなく察しはついていた。

「マイラさん、冴久さんのこと、好きだったんですよね」

冴久はルームミラーで、後部座席の碧人をちらりと見た。

「ヒューゴから聞いたのか」

「いいえ。最初の日に、おふたりが話しているのが聞こえてしまって」

冴久は「そうか」と小さく頷いた。

「好きだと告白された。けれど俺には彼女の気持ちに応えることはできない。正直にそう伝えたら、これから好きになってもらえる可能性はあるかと聞かれた。俺は、ないと即答した」

ウインカーを上げハンドルを切る冴久の表情は、後ろからは確認できない。

「振るにしても言い方というものがあるでしょうとヒューゴは言うけれど、俺はそうは思わない。なまじ期待を持たせる方が、長い間痛みを引きずることになる」

好きで好きで、思いを胸にしまっておけず、勇気を出して打ち明けたけれど叶わなかった。辞めてからも、彼女は毎日泣いていたに違いない。兄に「敵を」と思わせるほど、辛い失恋だったのだろう。

そんなふうに誰かを好きになった経験が、碧人にはない。失恋の痛みも知らない。なのにどうしてだろう、マイラの痛みをまるで自分の痛みのように感じてしまう。

雨粒がフロントガラスを静かに叩く。碧人にはそれが彼女の涙のように思えた。しくしくと胸の片隅が疼《うず》く。傷を負ったのは太股なのに。

帰宅するとすぐ、冴久は店の片づけに向かった。碧人も一緒に下りようとしたが「大人しく寝ていろ」ときつく言い渡され、すごすごとベッドに直行した。

また迷惑をかけてしまった。冴久にもヒューゴにも。自分は彼らにとって疫病神《やくびょうがみ》なのではないかと思ったら、ひどく落ち込んだ。眠ることなんかとてもできなかった。

冴久はほどなく戻ってきた。その手には、片づけながら作ったというミルクリゾットがあった。食欲はまったくなかったが、「少しでもいいから何か腹に入れろ」と木のスプーンを差し出され、碧人は起き上がった。

ひと匙《さじ》口に運ぶと、ミルクの風味の中に独特の甘い香りを感じた。

「きのこですか?」

「カンタレーラ。日本ではあんず茸《たけ》と呼ばれている。あんずっぽい香りがするだろ」

あんず茸の風味を消さないように、あえてチーズは入れないのだと冴久は言った。

「美味しい……」

冴久の料理は不思議だ。食欲がゼロの時でも、ひと口食べたらやめられなくなる。決して高級な材料ばかり使っているわけではない。市場やスーパーで手に入るごく普通の食材も、冴久の手にかかると誰もが「もう一度食べたい」と思う一品に仕上がる。

「こんなに美味しいのに、店で出さないんですか」

「このリゾットは、俺の発案したメニューじゃないんだ」

「そうなんですか」

目を瞬かせると、冴久は少しだけ口元を緩め、碧人の傍らに腰を下ろした。

「俺のソウルフード」

「ソウルフード？」

「子供の頃、風邪《かぜ》ひいたりすると必ず親父《おやじ》が作ってくれた」

「お父さんが……そうだったんですか」

冴久の料理の腕は、もしかすると父親譲りなのかもしれない。

「だからかな。すごく懐かしい味がします」

最初のひと匙を口に含んだ時、碧人は不思議な感覚に陥った。初めて食べたはずなのに、なぜだか初めてじゃないような気がしたのだ。

ソウルフードと聞いて納得した。懐かしさと癒《い》やしは似ている。食べる人の心を癒《いや》す味というのは、誰の舌にも同じように懐かしさを運ぶものなのかもしれない。

「そういえば碧人、さっきのあれ、なんだったんだ？」

「さっきのあれ？」

「マイラの兄貴が料理をぶちまける寸前に、お前、腹のとこに手を当ててなんかぶつぶつ言ってただろ」

「ああ、あれは、おれのおまじないみたいなものです」

「おまじない？」

「はい。ソウルワードっていうか。おれ、子供の頃から引っ込み思案で、自分の思ったことをはっきり言えなかったんです。そういう性格が災いして、友達にからかわれたり」

「写真が苦手になった原因か」

「……ええ」

冴久は「そっか」と小さく頷いた。

「でもある人から教わったんです。勇気はいつも自分の中にあるんだって。ここぞっていう時は、おへそに力を入れて心の中で『大丈夫。勇気はここにある』と唱えるんです。そうすると不思議と勇気が湧いてきて、自分の気持ちを言葉にすることができるんです」

小学生ならともかく二十三歳にもなっておまじないなんて、笑われるかと思ったが意外にも冴久は碧人の話を真剣に聞き入っていた。

「俺も昔、似たようなことをしていた」

「冴久さんも？」

冴久はどこか遠い眼差《まなざ》しで頷いた。

「子供の頃、お気に入りだった絵本があってさ、主人公の少年がひとりぼっちで世界中を冒険するんだけど、こいつが弱虫でさ、最初はめそめそ泣いてばっかりで」

絵本の内容を思い出したのか、冴久の表情がいつになく子供っぽい。

「こんな弱虫に冒険なんて無理だろって思っていたら、森の神さまが現れてそいつに教えるんだ。『勇気というのは誰かにもらうものじゃない。いつだってきみの心の中にあるんだ。その勇気に気づかないうちはいつまで経っても弱虫のままだよ』ってね」

同じだ、と碧人は思った。その少年は、幼い頃の碧人だ。

勇気が欲しくてサンタクロースに手紙を書いた、あの日の自分だ。

「神さまのシーンが好きで、何度も何度も繰り返し読んだ。折れそうな時とか負けそうな時には、へそのところに手を当てて『大丈夫。俺の勇気は俺の中にある』って呟いていた」

日本からフィンランドにやってきた冴久。苦労もあったとヒューゴは言っていた。折れそうな時や負けそうな時が冴久にもあったのだと、当たり前のことに今さら気づく。

冴久がねじ曲がることなく大人になれたのは、もしかするとその絵本のおかげだったのかもしれない。

「さっきのお前を見て思い出したんだ。そういえば俺も昔よくやってたなって」

「なんていう絵本だったんですか、タイトル」

尋ねると、冴久はあっさり「忘れた」と答えた。

「そんな大切な本なのに忘れちゃったんですか？」

「思い出したら教えてやる。そのうちな」

空になったリゾットの皿をトレーに載せると、「もう寝ろ」と冴久は立ち上がった。

「冴久さん」

「ん？」

「今日は本当にすみませんでした」

自分の失態をきちんと謝りたかった。怪我をしたからといって、今夜自分がしでかしてしまったことをうやむやにするのはいけない。ドアの手前で冴久は足を止めた。

「何が」

「お客さんを怒鳴るなんて」

冷静に抗議するつもりだったのに、おまじないを唱える前にカッとなってしまい、気づいたら大声を出していた。あんなことは初めてで、自分のしたことがまだ信じられずにいる。

「俺は」

冴久は傍らの机にトレーを置くと、静かに碧人の方を振り返った。

「嬉しかったよ」

「……え」

「料理を冒瀆《ぼうとく》したあの男に、お前が腹をたててくれたことが嬉しかった。ありがとうな」

「冴久さん……」

「店を手伝ってくれなんて言ったばっかりに、お前にこんな怪我させてしまって……ごめん」

碧人はぶんぶんと首を横に振った。

ダメだ。また泣いてしまいそうになる。会社を辞めた日だって、涙なんてひと粒も流さなかったのに。ヘルシンキに来てからというもの、どうも涙腺《るいせん》が緩い。

「おれ今、毎日がすごく楽しいんです」

会社勤めの日々は、針のむしろだった。自分がどんな仕事をしていたのか、誰と会いなんの話をしたのかまるで記憶がない。ただ辛くてしんどくて、いつ辞めようかとそればかりを考えていた。

碧人は会社を辞めた理由を、思い切って冴久に打ち明けた。両親にすら話していない。啓介以外の人間に話すのは初めてのことだった。

冴久はひと言も口を挟まず、碧人が話し終わるまで黙って聞いてくれた。

「後悔しているのか」

「どうでしょう……まったくしていないと言ったら、ちょっと嘘かもしれません」

課長の性格から、こういう結果になることは予想できた。

「自分の行動に後悔はありません。ただ、大学まで出してもらったのにたった一年で辞めてしまって、なんて親不孝なんだろうと思います」

冴久は机の縁に尻を預け、「もしもだ」と腕組みをした。

「お前が、辛い目に遭っているその子を助けなかったとする。もしかするとお前じゃなく、耐えきれなくなった彼女が会社を辞めたかもしれない。お前はご両親に心配をかけることもなく今もその会社で働いていただろう。けど果たしてお前は、そういう自分を好きでいられたかな」

「…………」

「ご両親はどうだ。見て見ぬ振りをして会社に残った息子《むすこ》と、正しいと思うことを貫いた結果返り討ちに遭ってしまった息子。どちらを誇りに思うかな」

碧人はのろりと顔を上げる。

「俺は、お前のバカみたいに真っ直ぐなところが好きだ。会えるかどうかもわからない恩人に常識外れな量の土産を抱えてきたり、ありがとうございましたーってリュックの中身をぶちまけてみたり、ご指導ご鞭撻のほどなんて言ってみたり、分度器で測ったみたいに布団《ふとん》を直したり、定規で測ったみたいにじゃがいも切ったり。四角四面の真面目クンかと思っていたら、今夜はいきなり『ふざけんな！』ときた。フェイントだ。なんていうか、やることなすことが斜め上すぎる」

「本当に申し訳ないと」

「そういうの、悪くないと思っている」

「え……」

「きっとその時、お前の腹ん中の勇気が囁いたんじゃないのか？　碧人、助けなくちゃダメだって。逃げるなって。だから彼女を助けに行ったんだろ？」

碧人は頷いた。何度も何度も頷いた。

「俺もきっと、お前と同じことをしていたと思う。大丈夫、お前は間違っていない」

冴久が一歩近づく。長い腕が伸びてきて、大きな手のひらが碧人の頭にポンと載った。甘く蕩けるような優しさが嬉しくて、ありがとうと伝えたいのに、言葉は喉元で「うっ」とつまる。

「おいぃ……だから泣くなって」

冴久は心底弱り果てたように眉尻を下げた。

「泣いてませんっ」

「まだ、だろ」

冴久は苦笑しながらティッシュの箱に手を伸ばす。碧人は慌てて箱を横取りすると、自分で鼻をかんだ。二度もちーんとされるのは、いくらなんでも恥ずかしすぎる。成人式から三年。大人の男としての、なけなしの矜持《きょうじ》だ。

「つまんない」

「へ？」

見上げると、冴久は実に不満そうに口を尖らせていた。

「またちーんしてやれるって、一瞬喜んだのに」

「なっ……」

真っ赤になった碧人を正面から見据え、冴久は真顔で言った。

「可愛いよ。鼻水がべろべろ垂れてても」

「何、言って」

「抱き締めたくなる」

——えっ……。

ドクン、と鼓動が跳ねた。

「か、からかわないでください」

まさか本気で思っているのだろうか。

冗談だよと笑ってくれるかと思ったのに、冴久は真剣な眼差しのままだ。

「碧人」

いつもより低めの湿った囁きが、耳の奥をぞわぞわとくすぐる。

本気だよ、なんて言われたらどうしよう。抱き締めてもいいですと答えてしまいそうな自分に困惑しつつ、碧人は上目遣いにちらりと冴久を見上げた。

「なんでしょう」

「お前、明日店を休め」

見当違いな期待をしていた自分を恥じつつ、碧人は「え？」と顔を上げた。

「傷なら大丈夫です。痛みはもうほとんどないし」

「今日のこととは関係なく、ここんとこずっと考えていたんだけど、お前まだ一日も休んでないだろ」

「それは……」

碧人自身がそうしたかったからだ。

「そろそろ恩人とやらを探しに行ってこい。気になってるんだろ」

「でも……」

「交通費くらいは出してやる」

「そういうことじゃ」

「探さないとその大量の土産、日本に持って帰ることになるんだろ。明日はそれほど予約も入っていない。店の方は気にするな」

冴久の言う通りだった。『シニネン』を手伝うことが楽しすぎて、当初の目的を忘れそうになっている自分がいる。

「では、お言葉に甘えることにします」

冴久は安心したように頷くと、不意に腰を屈め、碧人の頬に唇を押し当てた。

「あっ……」

「じゃあな。おやすみ」

おやすみのキスなのだと脳が理解した時には、冴久は閉められたドアの向こうだった。

「嘘……」

時間差で、顔が湯気を噴く。

頬だったけれど、冴久の唇が初めて自分に触れた瞬間だった。

これはファーストキスなのだろうか。いやいや、今時ほっぺにキスは小学生でもファーストにカウントしない。これは親が子供にするような軽い挨拶の類だ。ここは日本じゃない。ヨーロッパだ。冴久は自分に挨拶をしたのだ。だいたいハグやキスや鼻ちーんくらいでドキドキしていたら、心臓がいくつあっても足りない。

――だけど。

「どうしよう」

本当は、今気づいたわけではない。

冴久と出会ってから毎日、少しずつ、けれど確実に膨れ上がっていく感情。

認めてしまうのが怖くてずっと目を逸《そ》らしていたけれど、今夜のキスで一線を越えた。

――好き。冴久さんが……好き。

もう無理。もう隠せない。

どうしようもないくらい、冴久が好きだ。

男が料理を床にぶちまけた時、碧人はおまじないの途中だった。頭に血が上って気づいたら怒鳴っていたのだから、勇気以前の問題だ。逆上して誰かを怒鳴りつけたのは、生まれて初めてだった。

冴久の料理だったから。冴久の大切なものを傷つけられたから、あんなにカッとなった。

冴久が好きだから。

「冴久さん……」

唇の余韻が残る頬に手を当てていると、スマホが点滅した。啓介からの着信だった。

『久しぶり。元気か』

「はい」

『聞いたよ。もう少しそっちにいるんだって？』

大学の先輩である啓介と実家同士が近所だとわかった時、同時に母親同士が知り合いだったことも判明した。互いの子供たちの情報は、母親同士のネットワークで行き来することも少なくない。

「ちょっといろいろあって」

『いろいろって？』

突っ込まれると返答に困る。碧人は「母さんには内緒にしてくださいよ」と前置きをし、ヘルシンキに着いてからの事情をかいつまんで話した。

『つまり、ただ働きってことか』

「ただ働きじゃありません。ちょっと手伝っているだけで、市内観光だってしてもらいました」

『ヘルシンキなんか一日あれば回れるだろ。まさかそのシェフにいいように騙されて――』

「騙されてなんかいません！」

大声を出してしまい、慌てて音量を下げた。

「そんな人じゃありませんから心配しないでください。それに明日は休みをもらったので、少し遠くまで行ってみるつもりです」

『そのシェフと一緒にか』

「ひとりでです」

『そうか』

ひとりと聞いて、尋問めいていた啓介の口調が少し柔らかくなった。

『こういうことあんまり言いたくないんだけどさ、あんまり簡単に人を信用するなよ』

「どういう意味ですか」

冴久を信用するなと言われたようで、思わずムッとした声になる。

『ヘルシンキなんて治安のいい街でいきなり引ったくりとか。しかもその日のうちに見ず知らずの男の部屋に泊まるなんて。おばさんたちに言えなくても俺にくらいは相談しろよ。ホテルに泊まれるくらいの金はすぐに送金してやったのに』

「ありがとうございます。でも、とにかくもうしばらくこちらにいるつもりなので」

『しばらくってどれくらいの予定なんだ』

「まだ決めていません。心配かけてすみません」

やや強引に電話を切ると、大きなため息が漏れた。

大学に入学したての頃、毎朝のように駅で毎日顔を合わせる学生がいた。ある日電車の中で話しかけられて、同じ大学の二年生だと知った。それが啓介だった。啓介は自分の所属するサークルの行事やパーティーなどに碧人を誘ってくれた。集団の隅っこが指定席のような碧人だが、それでも何人か「先輩」「友達」と呼べる知り合いができたのは啓介のおかげだ。

こんな自分をいつも気にかけてくれる。啓介にはいつも感謝の気持ちでいっぱいだし、心配させるのは本意ではない。

――ただ……。

碧人はまたひとつ、心の奥に芽生えていた感情に気づいてしまった。

帰りたくない。日本に帰りたくないのだ。

明日もし、鬚のシェフがいるあのレストランを見つけることができて、十四年前のお礼を言うことができたら、フィンランドにやってきた目的は果たされる。長年の思いをようやく届けることができるのだ。

しかし同時にそれは、碧人がこの国に残る意味がなくなる瞬間でもある。有り金をすべてなくしたのに、店の手伝いをしてまでフィンランドに居続ける理由がなくなる。

冴久とさよならをする時なのだ。

無意識に先延ばしにしていた。

まだこの国に、『シニネン』にいたくて。冴久の傍《そば》を離れたくなくて。

——できることならこのままずっと……。

心の奥の湖から音もなく浮かび上がってきた願いに、碧人は打ちひしがれる。

ずっとなんて無理に決まっている。

最初からわかっていたことなのに、胸の奥で駄々をこねる自分がいる。

「……帰りたくない」

呟いた声は、短い夏の夜に静かに吸い込まれていった。

翌日、碧人は休みをもらい、三角屋根のレストランを探した。ひと口にヘルシンキ近郊の湖と言っても、フィンランドの湖の数は日本のそれとは桁が違う。市内から車で一時間半、あるいは二時間近かったかもしれない。条件が曖昧になればそれだけ候補となる湖も増える。行き当たりばったりでいくつかの湖を訪れてみたが、当時の記憶と合致する風景には出会えなかった。淡い記憶を頼りに一日で探すのはやはり無理だったのだ。

肩を落とすほど残念なくせに、心のどこかでホッとしている自分がいた。

帰宅して、見つけることができなかったと報告すると、冴久は「そっか」と小さく頷き、碧人の好きなベリーのシーデリを開けてくれた。わざわざ用意しておいてくれていたのだと気づき、胸の奥がじんわりする。そんな単純なことで、今の碧人は満タンになる。冴久という風に揺られる道端の雑草になったような気分だった。

日が落ちかけた頃、ヒューゴが訪ねてきた。

「どうですか。まだ痛みますか?」

「おかげさまで全然。痛み止めは飲まずにすみました」

「それはよかったです。抗生物質の方はちゃんと飲んでいますね?」

「はい。本当に、お騒がせしてしまってすみませんでした」

キッチンからウォッカのグラスを手に、冴久が顔を覗かせた。

「ヒューゴ、仕事が終わったのなら飲みませんか」

「ああ、ごめんなさいサク。今夜は約束があるんです」

「約束？」

「ええ。姉の家に呼ばれているのですよ」

姉というのは先日カイヴォプイスト公園の近くで会ったエリーサの母親だろう。飲み相手を失った冴久は、残念そうに「そうですか」とグラスをひとつ棚に戻した。

「ちょっとアオトの様子を見に寄ってみたのですが、元気そうで安心しました」

「忙しいのにすみません」

「ありがとうございます、ヒューゴ」

冴久と碧人、ふたり同時に頭を下げられヒューゴは「いえいえ」と微笑んだ。

「そうだアオト、ちょっと傷の具合を診ましょうか。ついでに消毒もしましょう」

痛み止めや抗生物質と一緒に消毒液も処方してもらっていたが、ヒューゴに診てもらえるならそれに越したことはない。

「さすがにここで診るわけにはいきませんね。アオトのベッドルームで」

ヒューゴが上着を脱ぎかかった時だ。

「消毒なら、俺がすませました」

冴久の思いもよらない言葉に、碧人は「え？」と目を瞬かせた。

――冴久さんが？　いつ？

呆気《あっけ》にとられる碧人に、冴久は「黙っていろ」とかすかな目配せをした。

「そうですか。傷は開いていませんね？　膿《うみ》が出ていたりしませんでしたか？」

「大丈夫でした」

わずかに視線を泳がせながら冴久が答える。

「ガーゼは交換しましたか？」

「ええもちろん。痛みはもうないんだよな、碧人」

突然フられ、碧人は慌てて頷いた。

「あ、はいもう、全然」

「というわけですからヒューゴ、お姉さんのところへどうぞ。あまり遅くならない方がいいんじゃないですか」

まったり微笑む冴久と固まった碧人。ヒューゴはふたりを交互に見比べてしばらく逡巡していたが、やがて「わかりました」と上着を着直した。

「それでは私はこれで失礼します」

「ご足労いただいてありがとうございました」

玄関から聞こえてくるふたりの会話を聞きながら、碧人はひたすら困惑する。

――まさかおれ、記憶喪失……？

首を傾げていると、冴久が戻ってきた。

「そういうわけだから脱げ」

「へ？」

「消毒。俺がする」

「ええっ？」

「ヒューゴに『もう消毒しました』って言った手前、しないわけにいかないだろ」

頭上を回る〝？〟の大群と格闘する碧人の横で、冴久は淡々と消毒の用意をしている。

「ちょっと待ってください。それじゃ冴久さん、ヒューゴさんに嘘ついたんですか」

「ついたけど？」

「けどって、どうして嘘なんか」

訝る碧人を見上げ、冴久はひややかに言った。

「お前も共犯だからな」

「は？」

「まだ消毒していないって正直に言わなかったろ。消極的にこの嘘に荷担している」

「そんな」

「ごちゃごちゃうるさいな。いいから早くズボンを脱げ。それとも脱がせてほしいのか」

めっそうもないと頭を振り、碧人はベルトに手をかけた。バックルを外し、ファスナーを下ろしかけたところで、冴久がこちらをじっと見ていることに気づき手を止めた。

「どうした。早くしろ」

「……はい」

心なしか視線に熱が籠もっている気がする。背中を向けようと思ったけれど、変に意識しているると思われるのも嫌だ。碧人は恥ずかしさを堪え、ズボンから足を抜いた。

コットンシャツの裾《すそ》から紺色のトランクスが少しだけはみ出している。下だけ脱ぐというのは実に心許《こころもと》ないが、上も脱いだらもっと恥ずかしい。碧人はシャツの裾をもじもじと弄《いじ》りながら、「脱ぎました」と消えそうな声で呟いた。

「そこに乗って、立て膝になれ」

冴久は消毒液のキャップを回しながら、顎でソファーを指した。

そこにきて碧人は、はたと「傷を消毒される自分」の具体的な格好に思い至る。

傷は左の太股の最上部、つまり限りなく尻に近い場所で、トランクスの裾に隠れている。

つまり傷を消毒するにはトランクスも脱がなくてはならないのでは……。

「あ、あの、冴久さん」

「どうした」

「やっぱりおれ、自分で――」

「できるのか？」

うっと返答につまった。なんとか傷に手は届くものの、消毒をしてガーゼを交換するとなるとかなり難しい。

「さっさと乗れ」

「……はい」

碧人は立て膝でソファーに乗り、背もたれに腹部を預けた。

「こう、でしょうか」

「もうちょっと尻、こっちに突き出せ」

「こう、ですか」

「もう少し」

「こ、これくらいでしょうか」

「あともう少し足、開いて」

「はい……」

——ていうか。

もしかして今自分は、冴久の眼前にものすごい格好を晒《さら》しているのではないだろうか。

想像するのも恥ずかしくて、碧人はぎゅっと目を瞑《つぶ》った。

「シャツ、上げろ」

「へっ」

次々繰り出されるハードルの高いリクエストに、思わず声が裏返ってしまう。

「シャツに消毒液がついたら困るだろ。捲り上げて持ってろ」

冷静な指示がかえって羞恥心を煽《あお》る。

碧人はのろのろとシャツを捲り上げ、へそのあたりで握った。

「こうで、いいですか」

「……ん」

冴久の手がトランクスのゴムにかかる。

——やっぱり下げるんだ……。

この格好だと、間違いなく双丘の狭間《はざま》に潜む小さな穴が、冴久の目に触れてしまう。想像しただけで心臓が止まりそうだ。まったく腹を括《くく》れないまま、碧人は猪木《いのき》のビンタを待つかのように全身を硬くした。ところが。

十秒……二十秒……。

歯を食いしばって羞恥に耐えているのに、冴久はなかなかトランクスを下げようとしない。早くしてくださいと言うのも喜んでいるようでおかしいが、かといってあられもないこの姿勢はあまりにも恥ずかしい。

「さ、冴久さんっ」

堪えきれなくなった碧人が振り返るのと同時に、冴久はチッと小さく舌打ちしてゴムから

手を離した。そしてトランクスの左裾をぐいっと捲り上げた。

「ひゃ、あっ」

丸出しは免れたものの、急に半ケツにされ、思わず変な声が飛び出した。

「ヘンな声出すな」

舌打ちの続きのような、ひどく不機嫌そうな声だった。

「す、すみません」

「動くなよ」

ガーゼが剝がされ、消毒液が傷に触れた。冷たい感触に意図せず身体がびくんと竦む。

「沁《し》みるか？」

「……大丈夫です」

少しだけ沁みたけれど、たいした痛みではなかった。

「ガーゼじゃなく絆創膏《ばんそうこう》でよさそうだな。どうする？」

「ど、どっちでも、いいです」

ガーゼでも絆創膏でもいいから、早く貼って終わりにしてほしかった。

「ヒューゴ、絆創膏、二種類入れてくれたんだな……どっちが大きさちょうどいいかな」

絆創膏のサイズを確認する冴久の指が、傷の周囲に触れるたび身体がさらに硬直する。ソファーの背もたれに指先が食い込みそうだった。

冴久を好きだとはっきり意識したのは昨日だ。大好きな人の前でしどけない格好をしているだけでも脳が沸騰しそうなのに、通常他人にあまり触れられることのない部分をさわさわと指で撫でられて、碧人の混乱はピークに達する。

――うう……なんかマズい、かも。

血が、身体の中心に集まり始めている。

恐ろしくわがままで、そのくせバカみたいに本能に忠実な血だ。

そうとは知らない冴久は、「縦に貼ろうかな。横の方が剝がれにくいかな」などとどうでもいいことを悩んでいる。背中を向けているのがせめてもの救いだが、このままだとかすかな兆しに冴久が気づいてしまう。

「やっぱ横だな。貼るぞ」

悪いことに冴久の指が、肉の薄い碧人の尻に添えられた。

「さ、冴久さん、あああ、あのっ」

「動くなよ」

男っぽく骨張った冴久の手が、晒された薄い肉をむぎゅっと摑んだ。

――隙間から見えちゃう……。

「やっ！」

手を振り払ったのは、意思というより反射だった。

自分のしたことに驚いて振り返ると、表情をなくした冴久が絆創膏を手に固まっていた。

「……ごめん」

「い、いえ……すみません」

「……悪かった」

碧人はぶんぶんと頭を振った。なぜ謝るのだろう。冴久は何も悪くない。触らなければ絆創膏を貼ることはできない。身体が変化するような想像をしてしまった碧人が悪いのに。

気まずい沈黙が落ちる。

「貼って、もらえますか」

碧人は自分でトランクスの裾を捲った。奥までは見えず、傷だけが露出するように慎重に加減した。冴久は無言で、ペタンと絆創膏を貼ってくれた。

「ありがとうございました」

「……うん」

冴久はそのまま立ち上がり薬を片づけると、頭をガシガシ掻きながらキッチンに行ってしまった。ウォッカの瓶を開ける音がする。気分を害したのかもしれない。

——どうしよう。

怒らせてしまっただろうか。うな垂れながらズボンを上げていると、グラスを手にして冴久が戻ってきた。

「碧人」

「は、はい」

急いでベルトを締める。

「ユハンヌスを知っているか」

「ユハンヌス？　ああ、夏至祭のことですね」

毎年六月下旬に行われる夏至祭。フィンランド語でJuhannus（ユハンヌス）と呼ばれる祭は、日本でいうお盆のようなものだろうか。多くの人が湖畔のコテージで家族や親しい仲間とバーベキューをしたりサウナに入ったりして、ゆっくりと過ごすという。

「コッコでしたっけ、焚き火《たび》。きれいなんですよね」

「見たことあるのか」

「写真で。すごく幻想的でした」

「見に行かないか」

「え？」

「今年は来週末なんだ。ユハンヌス」

夏至祭期間は例年『シニネン』もクローズにする。冴久は今年の夏至祭を、郊外のサマーコテージでヒューゴと過ごすつもりだったという。

冴久に兄弟はいない。親は日本にいると聞いている。この国にいる限り冴久には頼れる身内がいない。唯一の親しい友人ともいえるヒューゴと夏至祭を一緒に過ごすのは、ある意味自然なことなのだろう。

「去年はヒューゴの別荘で彼の家族と一緒に過ごしたんだ。今年は俺のコテージでってことになったんだけど、ヒューゴの両親が来られなくなっちまって。男ふたりでバーベキューってのもちょっと寂しいだろ」

「お邪魔してもいいんですか？」

「お邪魔なら誘わない」

「嬉しいです。ぜひ！」

気を悪くしたとばかり思っていたのに。夏至祭に誘ってもらえたことで、碧人のテンションはV字カーブで急上昇した。

「ああ、早く来週末にならないかなあ」

目を輝かせる碧人に、冴久は苦笑する。

「遠足かよ」

「だってバーベキューするんですよね」

「お前、見かけによらず食いしん坊だよな」

「なんかお腹減ってきました。いっぱい食べられそうです」

てへっと舌を出すと、冴久は「気が早すぎる」と笑った。

――夏至祭か。

冴久と見る美しいコッコを思い浮かべたら、待ち遠しくて眠れなくなってしまった。遠足だって修学旅行だって、これほど楽しみではなかった。

何よりも、少なくとも来週末までこの国に留まる理由ができた。そのことが碧人を泣きたいほど安堵させた。


ヘルシンキ市内から車で一時間半ほど北西に向かった場所にある小さな湖。冴久のコテージはその畔《ほとり》にぽつんと建っていた。日本の別荘地を思い描いていた碧人は、やけにひっそりとした様子にやや拍子抜けした。

「コッコを焚くのは湖の反対側なんですよ。こちら側は静かなものです」

トランクから荷物を下ろしながら、ヒューゴは湖の向こう側を指さした。

コッコの回りには多くの人が集まり、ひと晩中踊り明かす。しかし冴久はそういったイベントごとには腰が重く、ゆらゆらと仄《ほの》めくコッコの灯《あか》りをテラスから眺めるだけなのだとヒューゴが教えてくれた。

「冴久さんが陽気に踊るところ、ちょっと見てみたい気もします」

「土下座して頼んでも踊らないでしょうね」

顔を見合わせ、ふたり一緒に噴き出した。

「ていうことは、ここから見えるんですね、コッコ」

「バッチリ見えますよ。踊らない人にとっては、このコテージは特等席です」

「ああ、もう、なんか楽しみすぎです」

ヒューゴと話していると、先にコテージに入っていた冴久が戻ってきた。

「ヒューゴ、飯より先にサウナに入りますか」

「おお、そうですね。まずは三人でサウナといきましょうかね」

「三人で?」

碧人はきょとんと首を傾げた。

「大丈夫ですよ、碧人。ここのサウナはとても広いのです。五人でも六人でもカモ～ンです」

そういうことじゃなくてと、碧人は予期せぬ展開に戸惑う。

実は碧人はサウナというものに入ったことがない。冴久のアパートメントにも、シャワールームの奥に小さなサウナが備えつけられていて、冴久は三日に一度くらいの頻度で入っている。碧人も勧められたが、のぼせそうな気がして断り続けていた。

けどここへ向かう途中、せっかくだから一度くらい入ってみてもいいと思っていた。

ただし三人でではなく、ひとりで。

「アオト、もしかしてサウナは未体験ですか」

「はい。ですのでおれは遠慮しようかと——わっ」

後ろから冴久の長い腕が伸びてきて、碧人の首に巻きついた。

「フィンランドはサウナ発祥の国だぞ」

「しっ、知っていますけど」

「この国に来てサウナに入らないなんて、ねぶたに行ってハネトにならないようなもんだぞ」

「ちょっと何言ってるのか」

逃げようとすると、冴久の腕に力が籠もる。

「く、苦しい」

「入るよな?」

「うう……」

「一緒に入ろう。な?」

耳元で低く囁かれ、下半身の力がふにゃっと抜けた。

冴久の声には独特の艶がある。こんなに近くで囁かれたら碧人はそれこそ〝イチコロ〟だ。

仕方なく「入ります」と頷いたところで、ヒューゴが呼んだ。

「サク、アオト、遊んでいないで運ぶの手伝ってください」

「今行きます」

冴久は碧人を解放し、ヒューゴの元に走っていった。

――心臓に……悪い。

耳の産毛に唇が触れそうだった。もしかすると少し触れていたかもしれない。

そう思ったら、なんだか背中がぞくりとした。ヒューゴに「アオト、行きますよ」と呼ばれるまで、碧人は呆《ほう》けたようにその場に立ち尽くしていた。

冴久とヒューゴは躊躇《ちゅうちょ》なく服を脱ぎ捨てる。その横で碧人はうろうろと落ち着きなく視線を泳がせていた。ちらちら見えるふたりの裸体が眩《まぶ》しい。料理人も外科医もかなりの肉体労働だからだろう、ふたりともしっかりと鍛え上げられた男の身体をしていた。

あちこち肉の足りない自分の身体が、急に恥ずかしくなった。

「どうしました、アオト」

「ああ、いえ、別に」

「恥ずかしいと思うから恥ずかしいんですよ。男同士じゃないですか。日本にも温泉や銭湯はありますよね？」

ヒューゴに再三促され、碧人は腹を括った。そそっと服を脱ぎ、急いでタオルを腰に巻くとふたりの後についた。

三人並んでベンチに腰を下ろした。目の前のサウナストーブにはあらかじめ薪で熱せられた香花石《サウナストーン》が敷きつめられている。冴久がひしゃくで水をかけると、じゅわっと音をたてて真っ白な蒸気が上がった。想像以上の温度と湿度におののく碧人の横で、冴久は早速ビールの栓を抜き、乾杯などしている。

日の高いうちからサウナでビール。フィンランドはワンダーランドだ。

「あのぉ、そろそろ出てもいいですか」

三分で限界を迎えた碧人に、右の冴久と左のヒューゴが同時に「はあ?」と呆れた。

「アオト、いくらなんでも早すぎでしょう」

「そうでしょうか」

「もうちょっと座ってろよ」

ふたりに笑われ、碧人は仕方なく座り直す。

サウナ慣れしているふたりは、グラスを傾けながら平然と談笑している。汗こそ流しているが、口調も表情もリラックスしていてリビングにいるのと少しも変わらない。

一方の碧人はすでに息が上がっていた。敵はサウナの熱だけではない。香花石にひしゃくで水をかけるたび、前屈みになる冴久の腕や脇、背中の筋肉が気になって目のやり場に困った。もう少し大きめのタオルにすればよかったのだが、三人ともギリギリそこだけが隠れる程度の小さなタオルしか巻いていない。

その上ビールを飲むたび規則的に上下動する冴久の喉仏が、どことなく卑猥《ひわい》で——卑猥に感じる自分の感覚が変なのかもしれないが——とにかくもういろいろと限界だった。

碧人はすくっと立ち上がった。腰のタオルがずり落ちそうになり、慌てて手で押さえた。

「やっぱりもう無理。出ます」

「おお……そうですか。五分が限界でしたか」

「冷めたらまた入ってこい」

そっぽを向いたまま冴久が言った。

「はい。お先に失礼します」

よろよろとサウナを出ると、目の前に湖があった。

サウナの合間に冷水を浴びたり、湖に飛び込んだりして新陳代謝を高めるのがフィンランド式の健康法なのだという。夏場だけでなく、真冬の凍った湖に身体を沈めたり雪の上でごろごろしたりするというから驚きだ。プールに入る時だって、入念な準備体操の後に十分身体を濡らして足から順に……と指導している日本の小学校の先生たちが聞いたら、皆してあんぐり口を開けてしまいそうだ。

碧人はよろよろと湖に向かった。

桟橋から水面を覗き込む。浅くはないがそれほど深くもない。

「まさかね」

ははっと笑った。サウナの後で湖に飛び込まないなんて、徳島に行って阿波踊り《あわおど》りを踊らないようなもんだぞ、とかなんとか冴久に言われそうな気がするけれど、心臓発作でも起こしたらシャレにならない。

桟橋の突端から冴久のコテージを振り返った。着いた時にも感じたが、こうしてみるとかなりの大きさだ。屋根や壁は年季が入っているが、時折訪れる別荘というよりも、昔誰かがそこで暮らしていた家のような佇《たたず》まいだ。

冴久は両親から譲り受けたものだと言っていた。きっと幼い頃から夏至祭をこのコテージで過ごしたのだろう。

冴久はどんな子供だったのだろう。小さい頃からあんなふうに無愛想だったのだろうかと思ったらちょっと笑えたが、あらためて自分が北川冴久という男について、ほとんど何も知らないのだと気づく。

――ヒューゴは詳しいんだろうな。

彼の家族と一緒に夏至祭を過ごすくらいなのだから。

湖の景色を眺めるためなのだろう、サウナルームにしては少し大きめの窓から、語り合う冴久とヒューゴの横顔が見える。

いつになく楽しそうな冴久。その笑顔に碧人はふと思った。

自分が今日ここにいるのは単なる偶然だ。ふたりに助けられ、冴久の部屋に転がり込み、無理矢理店を手伝わせてもらうことにした。男ふたりでは寂しいなどと言ってはいたけれど、本来なら冴久は夏至祭をヒューゴとふたりで過ごす予定だったのだ。

窓枠の中でヒューゴが笑っている。冴久も。

——まさか冴久とヒューゴは……。

邪魔なら誘わない。冴久はそう言ってくれた。もしかすると社交辞令だったのだろうか。

でもここは日本ではない。フィンランドだ。でもでも、フィンランドだけど冴久は日本人だ。でもでもでも、冴久の性格からすると社交辞令なんてことは……。

「ああもう！」

頭を抱えてしゃがみ込んだ瞬間、碧人の中の別の碧人が叫んだ。

——飛び込んじゃえ！

「同じアホなら踊らにゃ損、って、うおりゃあっ！」

バシャン、と派手に水飛沫《みずしぶき》を上げ、碧人は湖にダイブした。

よくそんなことができたものだと後になってぞっとしたが、その時は水にでも飛び込まないと、無限に形を変えながら襲いかかってくる妄想を断ち切ることができなかった。

「碧人、どうした」

叫びを聞きつけたのか、ハーフパンツ姿でサウナルームから出てきた冴久がきょろきょろとあたりを見回している。

「おい碧人、どこだ」

「ここでーす——うわっ、んぶふ」

手を振ろうとして失敗した。バシャバシャと暴れるように水没する途中、岸で冴久が目を剝くのが見えた。

数秒後、水中で腰をホールドされ、碧人はようやく水面に顔を出す。

ぶはっとひと呼吸するのと、冴久の雷が落ちるのはほぼ同時だった。

「バカなのかお前は！　泳げないなら飛び込むな！」

「すみま……げほっ……せん、少しは泳げるんですけど」

手なんか振ろうとしたのが間違いだった。

「まったくお前は本当に」

ずぶ濡れになって眦を吊《つ》り上げていても、冴久はやっぱり素敵だった。

いつの間にこんなに好きになっていたんだろう。好きになってしまったんだろう。

もう誰かのものかもしれないのに。

しなやかな筋肉に覆われた背中にそっと手を回した時、碧人はふと下半身が妙に自由なことに気づいた。

――ヤバい。タオルが……。

飛び込んだ勢いで結び目が解け、外れてしまったらしい。多分もう湖底だ。

「あの、冴久さん」

水中で下半身が触れ合わないように足を動かしながら、碧人は懸命に平然を装った。

「なんだ」

「もう大丈夫ですから先に上がってください」

幸い冴久は碧人のタオルが沈んでしまったことに気づいていないようだった。

「どうして」

「もう少し身体を冷やしたい……ので」

冴久は胡乱げに目を細め、ふうんと口元にいわくありげな笑みを浮かべた。

「いいよ」

思いの外《ほか》あっさり腕を解くと、冴久はすいっとひとかきで桟橋に辿り着き、桟へ上がっていった。大股で去っていく逞しい背中に見惚《みと》れながら、碧人はホッとため息をつく。

——気づかれなかった。よかった。

ところが桟橋の途中、くるりと振り向いて冴久は叫んだ。

「上がる時は呼べよ、碧人」

「へ？」

「新しいタオル持ってきてやるから」

「なっ……」

そのまますいっと背を向け、冴久はまた大股でコテージへと行ってしまった。

声を殺して笑っているのだろう、肩が小刻みに震えている。

「もう……もうもう、もうっ！」

もんどり打つほどの恥ずかしさで、いっそこのまま水没したくなる。

結局堪えきれなくなった冴久は、青空を見上げながら高らかに笑った。サウナルームの小窓からは、ヒューゴがきょとんと顔を覗かせていた。

不意に叫びたくなった。冴久さん大好きですと。

けれど碧人は堪えた。叫んだ瞬間、この幸せな時間は泡のように消えてしまうだろう。

夢ならさめないでと願いながら、碧人はひと時冴久と同じ空を見上げた。


夕刻、キッチンではバーベキューの用意が始まった。さあ手伝うぞと腕まくりをする碧人にふたりは「近くを散策してきたらどうだ」と勧めた。材料の仕込みはすませてあるから、後は炭をおこして焼くだけ。そんな言葉に甘え、碧人は夕食までの間、湖畔沿いの小道を散策することにした。

日が落ちるまでにはまだ時間がある。

遠く対岸では先刻からコッコの炎が揺らめいていた。

「きれいだなあ……」

世にも美しいフィンランドの風物詩にしばし見惚れた。

白樺《しらかば》の木立が湖を囲うように続いている。木漏れ日まで日本とは違うように感じるから不思議だ。空気の色も香りも、やはりどこか違う気がする。思えば十四年前に父と訪れたあのレストランも、たくさんの白樺に囲まれていた。

懐かしさを覚えながら十分ほど歩いたところで木立が途切れた。小道はここで行き止まりらしい。雑草だらけの空き地には遊具もベンチもない。公園かと思ったがどうやら違ったらしい。

——そろそろ戻ろうかな。

冴久はああ言ってくれたが、まったく手伝わないわけにはいかない。

「お腹も空《す》いてきたし」

ひとり呟いて踵を返した時だ。ふっと過《よぎ》った既視感に碧人は足を止めた。

ゆっくりと空き地を振り返る。

——似てるような……。

かつて父と一度だけ来た三角屋根のレストラン。

店が建っていた場所の雰囲気に、ここはとてもよく似ている。

気のせいかもしれない。何しろ年月が経ちすぎて記憶が曖昧だ。

碧人はあらためて周囲を見回した。似ている気はするものの確信は持てなかった。

肝心のレストランが見当たらない。白樺の並木の向こう側にもそれらしき建物は見えなかった。

やはり気のせいなのかもしれない。そもそも白樺はフィンランドの「国の木」だ。このあたりの湖はきっとどこも似たような風景なのだろう。

碧人は今来た小道を何度も振り返りながら引き返した。


北欧フィンランドの夏至祭の夜。

湖畔《こはん》のコテージでコッコを眺めながらバーベキューを楽しむ。

三ヶ月前、会社に辞表を提出したあの日の自分には、今この瞬間の欠片《かけら》すら想像できなかった。

夢のように美しい風景。夢のように美味《おい》しい料理。

そして夢のような儚《はかな》い恋。

「ユハンヌスには様々な言い伝えがあるんですよ」

碧人《あおと》のグラスにシーデリを注ぎながら、ヒューゴは夏至祭についてのあれこれを教えてくれた。

「言い伝えですか？」

「ええ。恋にまつわるものが多いですね。もっともよく知られているのは『夏至祭の夜、枕の下に七種類の花を置いて寝ると、将来のフィアンセが夢に出てくる』という言い伝えです。アオトは知っていましたか？」

「初めて聞きました」

「他にも『夏至祭の夜に湖で裸になって水面を見ると、そこに未来の伴侶の姿が映る』なんていうのもあります」

「ロマンチックですね」

うっとりしていると、追加の肉を取りに行っていた冴久《さく》がキッチンから戻ってきた。

「ヒューゴ、本当に飲まないんですか」

「ええ。残念ですけれど私はこれで」

ヒューゴはミネラルウォーターの瓶を振った。夕方、もしかしたら今夜呼び出すかもしれないと病院から連絡が来てしまったという。

「その代わり私は肉をたくさんいただきますよ」

ヒューゴはにっこり微笑《ほほえ》んで、美味しそうに焼き上がった肉を二枚まとめて皿に取った。

「ぼやぼやしてないで碧人も食え。バーベキューは食うか食われるかだぞ」

「そんな、サバンナじゃあるまいし」

「バカ。これは闘いだ」

そんなことを言いながら、冴久は碧人の皿に食べ頃の肉を載せてくれた。

「サクは優しいですねえ、口は悪いですけど」

ヒューゴがくすっと笑った。冴久はなぜか拗《す》ねたようにふいっと横を向いてしまった。

「サクは日本人ですが、ある意味私よりフィンランド人の気質を持っています」

「どういうことですか？」

碧人は首を傾《かし》げる。

「フィンランド人というのは基本的にシャイ、つまり内気で照れ屋なんですね」

内向的なフィンランド人は自分の靴を見ながら他人と話す。社交的なフィンランド人は相手の靴を見ながら話す——そんなジョークもあるのだとヒューゴは教えてくれた。

「そういう意味でいうと、ちっともシャイでない私はフィンランド人らしくないフィンランド人で、とてもシャイなサクは生粋の日本人なのに、あら不思議、なんだかとってもフィンランド人、ということになります」

「あはは」

「俺は内気でも照れ屋でもありません」

冴久はちょっと口を尖《とが》らせ、グラスのビールを飲み干した。

無愛想な冴久も、ヒューゴの前ではリラックスしているのがわかる。それだけ心を許しているのだろうと思ったら、胸の奥がチクリと痛んだ。考えまいとがんばってみても、努力でどうなるものではない。

コッコの炎を見つめる冴久の横顔に、碧人はただひっそりと見惚《みと》れていた。

シーデリのせいで落ちるように眠ってしまった碧人は、深夜ふと目を覚ました。起き上がって窓の外を見ると、対岸の炎はまだ赤々と燃えさかっている。音は聞こえない。声もしない。人の姿も確認できないが、きっとたくさんの人々が夜通し踊っているのだろう。

しん、と夜の気配がコテージを包んでいた。六月とはいえ昼間よりは幾分冷える。碧人は薄手のパーカーを羽織り、そっとコテージを抜け出した。

足音をたてないように湖に向かい、桟橋の先端に辿《たど》り着く。

そうしようと決めていたわけではないけれど、今思いついたわけでもない。もしも日が昇る前に目が覚めたら行ってみよう。そんな軽い気持ちだった。

ヒューゴに聞かされた言い伝えを、本気で信じるほどピュアじゃない。

けれど胸の奥の奥の一番深い部分で、信じたいと思っている自分がいる。

そもそも愛とか恋とか好きとか嫌いとか、何ひとつとして目に見えない。百万回「愛してる」と囁《ささや》かれても、百万一回目に偽りだと気づくこともあるだろう。ただの一度も「好き」と言ってくれなくても、そこに真実の愛がある、なんてこともあるだろう。

——つくづくバカだよな、おれ。

願ったからといって映るはずはないけれど、万が一、億が一、水面に冴久の姿が映ったら、奇跡が起きてこの恋が叶《かな》うような気がする。

恐る恐る水面に近づいたのだが……はたと顔を上げた。

ヒューゴは確か『裸になって』と言っていたはずだ。

「裸って、具体的にどこまでなんだろ」

碧人はしばし考え込んだ。脱ぎ方が半端だと、映るものも映らない可能性がある。

夏至祭は年に一度だ。自分にとっては一生に一度かもしれないのだから、パンツ一枚脱ぎ惜しみしたせいで後悔したくない。

――全裸は半裸を兼ねる。

自分に言い聞かせ、碧人は身に着けているものを順に脱いでいった。

サンダルを脱ぎ、桟橋の縁と直角に揃《そろ》える。次にパーカーを脱ぎ、丁寧にたたんでサンダルの横に並べて置いた。カットソーを脱ぎ、これもまたきっちりとたたむ。

夜風が素肌《すはだ》をさわりと撫《な》でていく。寒さが畏《おそ》れにも似た期待感に輪をかけ、鳥肌がたった。

早く覗《のぞ》きたい。そこに誰が映るのか、それとも誰も映らないのか。逸《はや》る気持ちを抑えつつ、ハーフパンツの紐《ひも》を引いた時だ。

桟橋の板がギシッと軋《きし》む音に、碧人の心臓は縮み上がった。

「ひゃぁ！」

驚いた勢いで湖に落ちそうになる。つんのめりながらあわあわと両手を回していると、背後から伸びてきた腕に、わしっと二の腕を掴《つか》まれた。

「湖に落ちるのが趣味なのか」

「さっ、冴久さんっ」

「夜はやめておけ。風邪《かぜ》ひくぞ」

「ど、どうしてここに」

「シーデリ飲んで爆睡していると思ったら、夜中にこそこそひとりで湖に行くやつがいたから、うっかり落っこちないかと心配になってついてきたら、案の定」

「冴久さんが驚かすからです」

決して飛び込もうとしていたわけではない。

「こんな近くまで来てんのに気づかないお前が……ていうか、なんだこれは」

整然と置かれたサンダルと衣服に、冴久が噴き出した。

「先立つ不孝を、なんて書いてないだろうな」

「ま、まさか」

「こんなところでまで、きちきちとお前は」

「習い性でして」

「たたんでいる間に、逃げちまうかもしれないぞ」

「え?」

「お前の、未来の伴侶」

「あっ……」

気づかれていないわけはなかったけれど、指摘されると猛烈に恥ずかしい。

言い訳のできない格好で、碧人は真っ赤に頬《ほお》を染めて俯《うつむ》いた。

「お前のことだから、クソ真面目《まじめ》に全部脱ぐんじゃないかなあとは思ったけど」

「全部脱がないと、ダメなんですよね」

「どうかな。試してみるか？」

「え？　――あっ」

ふわりと背中から冴久に包まれた。

どうしてとかなんでとか、考える間もなく耳元で冴久が囁く。

「覗いてみろよ。未来の伴侶が映っているかどうか」

「はい、でも」

「いいからほら」

冴久に促されるように、桟橋の縁にふたり一緒にしゃがんだ。

桟橋の袂《たもと》にある外灯の心許《こころもと》ない明るさを頼りに、おそるおそる水面を覗き込む。

磨き上げたガラスのような湖面に映っていたのは、見慣れた自分の顔と――。

「見えたか」

「冴久さん、あの」

振り向こうとした碧人を、冴久はぎゅっとその胸に抱き締めた。

「碧人」

「……はい」

「ずっと俺の傍《そば》にいてくれないか」

「……え」

湖面の冴久が、静かに言った。

「好きだ」

少しだけ、声が震えている。

──冴久さん……。

「嘘《うそ》」

「嘘じゃない」

「信じられません」

「どうして」

「だってこんな、都合のいいこと」

裸になって覗き込んだ湖に、冴久の姿が映ればいいと思っていた。幻《まぼろし》でもいいから。気休めでもいいからと。

「ダメか？」

「え？」

「伴侶候補。俺じゃダメか」

「そんなっ」

ダメなわけないじゃないですか何言ってるんですか、ていうかこれは現実なんだろうか。

頭の中がぐるぐるする。ぐるぐるしてふわふわして、なんだかわけがわからない。

「これ、多分夢ですね」

「あ？」

碧人は冴久の腕を解《ほど》き、ゆっくりと立ち上がった。

夢ならすべて納得がいく。強く望みすぎて夢を見たのだ。シーデリのせいだ。

「ヒューゴさんが言ったとおりです。冴久さんはほんと、優しい人です。夢にまで出てきてくれて、湖に映ってくれて、すごく嬉《うれ》しかったです。ご出演ありがとうございました」

ぺこりと頭を下げ、顔を上げた瞬間、むにゅっと片手で頰を挟まれた。

「なにひゅるんれひゅはっ」

いつかと同じ、鳥の雛《ひな》状態だ。

「夢とかとんちんかんなことを言ってるからだ」

「ひゃなひひぇっ」

「うるさい」

「――んっ」

口付けられたのだと気づくのに、数秒を要した。

夢だ夢だ。これは絶対に夢だ。幸せすぎる夢。何度も心で繰り返すのに、どうしてだろうちっとも覚めない。

木立に守られた夜の静寂にくちゅ、くちゅ、と湿った音が響く。

冴久と自分の唇《くちびる》が触れ合う音だということが、まだ信じられなかった。

「どうだ」

「どう……って」

「夢じゃないってわかったか」

唇を触れさせたまま冴久が囁く。普段の乱暴なもの言いとは別人のような、蕩《とろ》けそうな優しい声に、碧人は痺《しび》れたように動けなくなる。

ぽーっしたまま何も答えられずにいると、ふたたび唇を塞《ふさ》がれた。

――キス……してる。冴久さんと。

「……ん、っ、んっ」

啄《ついば》むみたいだったキスが徐々に深くなる。こうするんだよと教えるように歯列を割り、冴久の舌が入ってきた。優しい声とは裏腹な強引なキス。今度こそ正真正銘のファーストキスだ。上顎《うわあご》をざらりとなぞられ、碧人は背を反らした。

頭より先に身体が、夢ではないことを理解し始める。理解が追いつかない脳と、反応を示し始める身体《からだ》の狭間《はざま》で、碧人の心はゆらゆらと頼りなく揺れた。

「……聞いてもいいですか」

「なんだ」

「ヒューゴさんと、付き合ってはいないんですか」

「はあ？」

冴久はきょとんと首を傾げ、二度三度、瞬きを繰り返した。

「お前もしかして、ずっと俺とヒューゴがそういう関係だと思っていたのか」

「冴久さん、ヒューゴさんの前だと、すごく自然な笑顔になるので」

冴久は「そらそうだろ」と呆《あき》れたように苦笑した。

「ヒューゴは家族みたいなもんだ。だけどそれ以上でもそれ以下でもない。そもそも俺たちの間に何かあるとしたら、ヒューゴは俺にバッグを引ったくられたマヌケな旅行者を『泊めてやれ』なんて言わないだろ」

言われてみれば確かにそうだ。

「だいたい付き合ってる相手がいるのに、お前にこんなこと言うと思うか？　俺はどんなタラシだ」

軽く睨《にら》まれ、碧人は「すみません」と縮こまった。

「で、どうする？　夢ってことにする？」

「え？」

「夢だったことにして、これで終わりにする？」

耳に吹き込むように囁かれ、全身にぞわりと鳥肌が立った。その場にへたり込みそうになる碧人を、冴久は抱きかかえるように支えた。

「や……です」

「何が」

「夢じゃ、嫌です」

ふるふると頭を振ると、冴久は両手で碧人の頬を挟み込むようにして、もう一度ちゅっと口付けた。

「なら聞かせてくれよ。さっきの返事」

「返事……？」

「お前の伴侶候補にしてもらえるのか？　俺は」

「へ、へえ、もちろんです」

過去最大級の混乱に見舞われている碧人に、冴久は眉《まゆ》を下げて笑った。

「へえって、時代劇かよ」

「す、すみません」

「ＯＫしてもらえるのかな」

碧人はこくこくと何度も頷《うなず》き、またぞろ冴久の失笑を買った。


コテージに戻ると、冴久は碧人を自分の部屋に招き入れた。

「えっと……」

「ヒューゴならさっき病院に戻った」

冴久は先手を打つように言った。

「そうだったんですか」

「お前が寝入ってすぐ病院から連絡があったんだ。ぐっすり眠っているようだから起こさなくていいとヒューゴが言うから、起こさなかった」

「ちっとも気づきませんでした」

ということはつまり。

「今このコテージにいるのは、俺とお前、ふたりきり」

「……ですね」

「何をしても、どんな声出しても、誰にも聞こえない」

冴久は不敵な微笑みで不穏な台詞《せりふ》を放ちながら、ベッドの縁に腰《こし》を下ろした。

湖から戻る時にとりあえず羽織ったパーカーは、ファスナーすら閉めていなかった。その上冴久が用意してくれたパジャマ代わりのハーフパンツは少々サイズが大きすぎる。上半身も下半身も隙だらけで心許ないことこの上ない。

「おいで」

冴久は開いた足の間に碧人を立たせた。

「寒い？」

いいえ、と首を振るのが精一杯だった。

「震えてる」

「緊張……してます」

冴久は「どれ」と、目の前にある碧人の胸に耳を押し当てた。

「あー、すげードクドクいってる」

冴久の黒髪が素肌を掠《かす》める。くすぐったくて思わず一歩下がろうとする碧人の腰に、冴久は素早く左腕を回した。

「碧人」

「……はい」

「触ってもいい？　あちこち」

見上げる瞳が心なしか潤んでいる。目元に漂う色気は、凶器のように碧人を竦《すく》ませた。

そんな目をされたら拒否できるわけがない。

「……はい」

耳が押し当てられていた場所に、唇が触れる。

ちゅっと音をたてて吸われたのは、真っ平らな胸に並んだ小さな蕾《つぼみ》だった。

「あっ……」

びくんと背中が反る。

「気持ちいい？」

「わかんない、です」

「初めてなのか、こういうこと」

二十三歳で未経験。引かれたらどうしようと思ったが、正直に頷いた。

「だと思ったけど」

「わかるんですか」

「なんとなく。お前のこと好きだから」

眉ひとつ動かさず、さらりと言いのける冴久はやっぱりとびきり素敵で、碧人は身の置きどころのないほどの喜びを持てあましてしまう。

「すみません」

「なんで謝るんだ」

「なんかおれ、こういうの疎くて……どうしたらいいでしょうか」

情けなくてうな垂れると、冴久はなぜか困ったようにため息をついた。

「煽《あお》るなよ。これでも相当抑えてんだから」

「へ？」

「あんまり可愛《かわい》いこと言うと、どうなっても知らないからな」

「え？　なにっ……あっ」

いきなり続きが始まる。さっきより強くそこを吸い上げられ、むずむずとした感覚があっという間に全身を巡った。

「あぁ……は、ぁ……」

碧人はぎゅっと目を瞑《つぶ》り、あえかな吐息を零《こぼ》す。

「お前は何もしなくていい。ちゃんと気持ちよくしてやるから」

冴久は舌先で粒を弄《もてあそ》びながら、碧人の背中にさわさわと指を這《は》わした。

「あ……あぁ……」

「硬くなってきた。ここも……こっちも」

するすると手のひらが降りてきて、ハーフパンツの上から碧人の中心を握り込んだ。

「や……」

そこが熱を持ち始めていたことはとっくに気づいていた。やわやわとイタズラするように弄《いじ》られて、カクンと足の力が抜けてしまった。

「あっ」

「おっ……と」

冴久が抱きかかえてくれた。

「感じやすいんだな」

「……すみません」

「だから謝ることじゃないだろ。ここに座れ」

冴久は自分の太股《ふともも》をぽんぽん叩《たた》いた。

——膝《ひざ》抱っこなんて……。

恥ずかしくて俯いていると、冴久に「早く」と手を引かれた。

「そ、それでは、失礼します」

しずしずと腰を下ろすと、冴久は碧人の手を取り自分の腰に回した。

「傷、もう大丈夫か」

冴久は先日の傷の治り具合を心配した。

「平気です」

「あの時の碧人、すげー可愛かったなあ」

消毒の時のことだろう。

「ヒューゴを追い返して正解だった」

「追い返した？」

驚いたことに冴久は、碧人の消毒を自分の手でしたくて、もう終わったとヒューゴに嘘をついたのだという。姉の家に行く予定だったヒューゴを気遣ったのだろうと思っていた碧人は唖然《あぜん》とする。

「必死に隠そうとしてるのがどうにも可愛くてさ、すんでのところで襲いそうになった」

そんなことを考えていたなんて。頭がくらくらした。

冴久は碧人の足を大きく開かせると、ハーフパンツとトランクスを一気にずり下ろした。すっかり勃《た》ち上がったものが、ふるんと勢いよく飛び出した。

「ひゃっ、冴久、さん、ちょっとまっ」

「いいから黙って感じてろ」

取り出された中心が、ゆるゆると扱《しご》かれる。

冴久はもう片方の手を碧人の脇の下から胸に回し、小さな突起をこね回した。

「やっ……あぁ……っん」

「やらしい声」

耳朶《じだ》を甘噛《あまが》みしながら、そんなことを囁く。

誰のせいでこんな声がと、文句を言う余裕などもちろんない。いつの間にか先端から溢《あふ》れ出した透明な体液が熱い幹を伝い、冴久の手を汚していた。くちゅくちゅという卑猥《ひわい》な音が冴久にも聞こえているのだと思うと、いたたまれなくて泣きたくなる。

「ここ、弄るといっぱい出てくる」

先端の敏感な割れ目を指の腹でくりくりとなぞられ、思わず足を突《つ》っ張った。

「あっ、やっ……あぁ……ん」

「べとべと」

「言わない……で、ください」

もうやめてほしいのに、本能は「もっともっと」と訴える。初めて体験する混乱の中で碧人はひたすら呼吸を乱した。

「あ、んっ……そこ、ダメ」

裏側の筋は一番感じるところだ。冴久は幹を強めに握り込むと、筋に指が当たるようにゆっくりと扱き始めた。

「あっ……あ、あっ」

「すごく硬くなってきた、碧人のここ」

「さ、冴久さん、あの、あのっ」

「なんだ」

「お、お気づきかと思うのですが、さっきから、おれ、もう」

冴久は一瞬手を止め、なぜか腹筋を震わせて笑い出した。

「お気づきだよ。イきそうなんだろ？」

耳に息を吹き込むように冴久は尋ねる。

「イッていいよ」

「で、でもっ」

冴久の手を汚してしまう。

「碧人のイくとこ、見たい」

冴久はそう言って碧人の耳の穴にぬるりと舌先を挿し込んだ。

「ひっ、ぁぁ……」

耳と胸と中心を同時に愛撫《あいぶ》され、碧人は堪《たま》らず身体を反らせた。

「ずっと想像してた。お前はどんな声でイくんだろうって」

「う、そ……」

「嘘じゃない。泣きそうになりながら俺の手に出しちゃうところ、毎晩妄想してた」

「あ、ぁぁっ……ん」

冴久の告白が鼓膜をくすぐる。

ぞわぞわと背中を這い上がってくるものに、もう逆らえそうになかった。

「冴久さっ、も、ダメ」

「いいよ」

ここに出しなと、一層激しく扱かれ、目蓋《まぶた》の裏が白んだ。

「イッ……あっ、ああっ！」

びくびくと身体を震わせ碧人は果てた。

「あぁ……っ、ん……」

久しぶりの吐精は長く続き、飛沫《ひまつ》は冴久の手だけではなく、太股や床まで汚した。

「ん……ふ……」

快感がなかなか去らない。

朦朧《もうろう》として言葉の出てこない碧人を、冴久は抱き上げベッドに横たえた。

「ちょっと汚れたな。脱がすぞ」

冴久はさらりと言うと、太股で止まっていたハーフパンツとトランクスを碧人の足から引き抜いた。

「ひっ……」

生々しい余韻の残るそこを両手で覆った。纏《まと》うものが何もなくなった下半身はすーすーとしてあまりに心許ない。

冴久は黙って碧人の手を除《の》けると、今の今までさんざん苛《いじ》めていたそこを、食い入るように見つめた。

「なんて言うか、いろいろと想像以上だ」

「……え」

「エロすぎる」

「エ……」

それはこっちの台詞ですと言いかけて、碧人は部屋の片隅に置かれた鏡に気づく。

ハーフパンツを剝《は》ぎ取られた碧人を包むものは、肩から半端にずり落ちたパーカー一枚だけだった。それも前をはだけているため、着衣の意味を成していない。

「ほぼ裸って、全裸よりいやらしいかもな」

冴久は舐《な》めるような視線を、碧人の半裸に這わせた。

「エロいのは、冴久さんです」

「ん？」

「味見してる冴久さんを見るだけで妊娠しそうだって、女の人たちが」

冴久は「ヒューゴだな」と苦笑した。

「俺がしたいのはお前だけだ。お前以外の男にも女にも興味ない」

淡々と、かなりヘビーな告白をしながら、冴久は身に着けているものをぱっぱと床に脱ぎ捨てていった。もちろんたたんだりしない。

サウナでも見たけれど、冴久の裸体はため息が出るほど美しい。マッチョではないが決して細すぎず、しなやかで堪らなくセクシーなラインだ。

厚い胸板、引き締まった腰回り、長い手足、そして——そそりたつ雄々《おお》しい中心。

頬を赤らめる碧人を、冴久は背中からぎゅっと抱き締めた。

「したい」

「……え」

「碧人としたい」

背中の真ん中に、冴久の熱が当たる。ぐりぐりと押しつけられる硬さが冴久の「したいこと」を伝える。言葉より強く。

「ダメ？」

「ダメじゃ……ないです、けど」

こんな甘い時間を夢見ていたのは冴久だけじゃない。碧人だってずっと想像していた。

冴久に抱かれ、ひとつになる瞬間を。

——でも。

「怖い？」

優しい声色で尋ねられ、返事につまる。できることならいつか冴久と結ばれたいと心から願っていたけれど、こんなに早くその時が来るなんて、正直思ってもみなかった。

夢でないことはわかったけれど、あまりの幸せに心が追いつかない。

碧人の無言を肯定と取ったのだろう、冴久は碧人の頭に顎を載せ、「だよな」と頷いた。

「身体の準備はいくらでもしてやれるけど、心の準備は俺にはどうしようもない」

「……すみません」

「碧人、俺のこと好き？」

らしくない質問に、碧人は慌てて身を捩《よじ》り、肩越しに冴久を見上げた。

「もちろんです。好きです。大好きです。だから本当に嬉しくて……嬉しすぎて混乱してるっていうか」

「うん」

「するのが……嫌なんじゃないんです。でもまだちょっとだけ覚悟が」

「わかってる」

冴久は後ろから碧人の頭を抱き抱え、「いいんだ」と言った。

「待つよ」

「……ごめんなさい」

冴久は「その代わり」と、碧人の双丘をさわさわ撫でた。

「足、ぎゅっと閉じて」

「え、あ……はい」

わけがわからないまま、碧人は両脚を閉じた。

「こうで、いいですか」

「うん。もう少し強く閉じて」

冴久はそう言うと、碧人の太股の間に、自分の熱く猛《たけ》ったものを押しつけた。

「さ、冴久さん、何するんですか」

「素股《すまた》」

冴久はしれっと恐ろしい単語を吐いた。

「すっ……」

「挿《い》れないからそのままじっとしてろ」

「ちょっ、あっ」

振り向く間もなく、太股の間に冴久が挿し込まれた。同時に前を握られ、碧人はふたたび身動きを封じられる。

「碧人はここ弱いんだよな」

冴久はゆっくりと腰を動かしながら、片手で碧人の先端をくりくりと弄った。さっき放ったものでまだ濡《ぬ》れているそこは、冴久の指に敏感に反応してしまう。

「あぁ……んっ」

股の間で冴久のものが硬さを増す。

「気持ちいいか?」

「はい……すごく」

「俺も、すげぇ気持ちいい」

艶っぽい声が耳朶をくすぐるから、碧人はまた息を上げてしまう。

「また濡れてきた」

手のひらの中で勃ち上がっていく碧人を揶揄《やゆ》しながら、冴久は徐々に腰の位置を上にずらした。

「あっ、やっ……そこはっ」

熱く硬い冴久が、双丘の狭間をぬるぬると行き来する。太股の付け根、袋の裏側、秘めた穴の襞《ひだ》――感じやすい場所を同時に擦《こす》り上げられ、情けないほど呆気《あっけ》なく高まってしまう。

「やぁぁ……んっ」

「そういう声出すと、間違えて挿れちまいそう」

「ダ、メッ……」

「可愛いよ、碧人」

「あ、あぁ……」

「すごく可愛い」

これ以上ないというくらい色っぽい声で、冴久が「好きだよ」と囁いた。

「は……ぁぁぁ……ん」

突き上げてくる快感に堪らず喘《あえ》ぐと、冴久は腰の動きを速めた。

「冴久っ、さ、イきそう……です」

冴久は「くそっ」と悔しそうに呟《つぶや》き、ますます激しく腰を打ちつける。

「俺も、だ」

「あ、あぁっ、もっ……もうっ」

「一緒に、イこっか、碧人」

掠れた声で冴久が囁く。こんなに余裕のない声は初めてだ。

自分の身体で冴久が感じてくれているなんて。そう思った瞬間、碧人は弾《はじ》けた。

「ひ、あぁぁ――っ！」

目眩《めまい》の中、碧人は二度目の頂を迎える。

朦朧とする意識の中で、耳元で「くっ」と低く唸《うな》る声が聞こえた。太股にどろりと温かいものが流れ、冴久もまた達したのだと知った。

この世のすべての言葉が無力だと思うほど――ただただ、幸せだった。


「サンタクロース？」

「はい。おれにとってはずっと、今でも、心のサンタさんなんです」

冴久の腕の中で、碧人はフィンランドまでやってきた目的を初めて打ち明けた。

小三の時の苦く切ない出来事。搭乗口まで見送ってくれた母の泣き出しそうな顔。ヴァンター空港で自分を迎えてくれた父の大らかな笑顔。落とした手紙を拾って、返事をくれたレストランのシェフのこと――。

ぽつりぽつりと話しながら、碧人は今さらながら思い知った。辛《つら》いこともあったけれど自分はいつだって誰かに守られ、愛されていたということを。あの手紙にどれほど救われ、勇気を与えられたかを。

「なくしたとばっかり思っていたんです、だから思いがけず返事が来た時はおれ、ぽろぽろ泣いちゃって」

「なんていうレストランだったんだ」

優しい指で碧人の前髪を梳《す》きながら冴久は尋ねた。

「それが、よく覚えていないんです」

店の名前さえ覚えていれば、とっくに再会できていたはずだ。

「十四年も前じゃ仕方ないか」

「ええ。ただ……」

湖で覚えた既視感が蘇る。

「さっき散歩していて見つけたんですけど、小道の先に空き地がありますよね」

「ああ」

「あそこに昔、三角屋根の小さなレストランがありませんでしたか?」

冴久の指が止まった。

「レストランの名前は忘れてしまったんですけど、断片的に覚えている周りの風景が、空き地のあたりにすごく似ている気がするんです。シェフは多分、当時で五十代くらいだったと思います。顎鬚《あごひげ》が印象的な優しそうな方でした。日本語が少しだけ話せたんです。手紙の返事も丁寧にフィン語と日本語の両方でくださって……冴久さん、何かご存じですか」

コテージと空き地は一キロも離れていない。期待を込めて見上げた冴久の瞳は、なぜか大きく見開かれていた。

「碧人、お前――」

冴久が何か言いかけた時、碧人のスマホが光った。

視線で「出ろよ」と言い、冴久はトイレに立ってしまった。

こんな時間に誰だろう。訝《いぶか》りながら開くと、啓介《けいすけ》からの着信だった。

『碧人か。ごめん、そっち朝方だよな』

「何かありましたか?」

わかっていてかけてよこすのだから、何か理由があるのかと思ったのだが。

『何かないと電話かけちゃいけない?』

「そういうわけじゃ」

『ちょっと眠れなくてさ、碧人の声が聞きたくなった』

今までなら「いくらでも」と冗談で返すことができた。けれど今夜の碧人は、啓介との他愛のない会話よりも、ほどなく戻ってくるであろう冴久の足音に心を奪われていた。

「すみません啓介さん、かけ直していいですか」

『どうして』

「まだ眠いんです」

意図せず責めるような言い方になってしまった。しまったと思ったが遅かった。

『ごめん。じゃあな』

「あの、啓介さん――」

すみませんと告げる前に電話は切れてしまった。苦いものが胸に落ちる。

大学時代からずっと傍にいてくれた。引っ込み思案な碧人を外の世界に連れ出してくれたのも啓介だった。啓介の優しさに、自分は甘えすぎてはいないだろうか。

「なんだ、もう切ったのか」

冴久が戻ってきた。

「誰からだった」

「……間違い電話でした」

にっこりと嘘をついた自分に、なぜか自分で傷ついてしまった。

「疲れた？」

ふるふると首を振ってはみたけれど、なんだかとても眠かった。

冴久の腕にくるまれ、碧人はゆらゆらと夢の中へ落ちていった。


夏至祭が終わると街は観光のハイシーズンを迎え、『シニネン』も忙しさを増した。予約の入らない時間帯はないほどで、碧人は一日が終わると倒れるようにベッドに入り、そのまま眠ってしまった。

夏至祭を境に、碧人は冴久と同じベッドで寝るようになった。晴れて恋人となったばかりの人と身体を密着させているのだから、当然互いにそういった欲求はある。冴久は毎夜イタズラをしかけてくるのだが、いかんせん碧人の体力はとうに限界を超えていて、応えるより先に強烈な睡魔にさらわれてしまうのだった。

同じように忙しい時間を過ごしていたらしく、ヒューゴが来店したのは、夏至祭から四日後の午後だった。一時閉店の午後二時を過ぎていても、ヒューゴだけはロールカーテンを下ろした店内でコーヒーを飲むことを許されている。「ヒューゴは客じゃないから」と冴久は言う。家族という扱いなのだろう。

「コテージで、夜中にサクに襲われたりしませんでしたか?」

「え……」

顔を引き攣《つ》らせる碧人に、ヒューゴはあははと笑った。

「ジョークですよ。アオトは本当にピュアですねえ。それとも本当に――」

「ヒューゴ、コーヒーでいいんですか？」

奥から冴久が助け船を出してくれた。

「そうですね、パンケーキもいただきましょうか」

「かしこまりました」

一礼して去ろうとした碧人は、ヒューゴの手元に珍しい本があるのを見つけた。

「それ、絵本ですか？」

サブカルから医療雑誌までなんでも読みこなすヒューゴだが、絵本は少々意外だった。

「実はこれ、私の手作りなんですよ」

「え、この絵本、ヒューゴさんが描いたんですか？」

ヒューゴは少し恥ずかしそうに「ええ」と頷いた。

ヒューゴは以前から、勤め先の病院の院内学級に通う子供たちのために、絵本を描いているのだという。コミック好きが高じて趣味でイラストなどを描くうち、どうせなら子供たちのために描いてみてはどうだと、周りの医師たちに勧められ、これで五冊目だというから驚きだ。

「下手《へた》の横好きというやつです」

ヒューゴは謙遜するが、その出来映えは素人《しろうと》の碧人の目にもなかなかのものだった。

「ちょっとだけ読ませてもらってもいいですか」

冴久は奥でディナーの仕込みをしている。

碧人は絵本を受け取り、ぱらぱらとページを捲《めく》った。

「本当に上手《じょうず》ですね。本屋さんに並べたら売れそうですよ」

「またまた、アオトこそお上手ですね。褒めてもアメちゃんは持っていませんよ」

談笑しながらページを捲っていた碧人だったが、あるページの絵にその手を止めた。

「この絵……」

そっくりだった。正確には絵そのものではなく、描かれている少年の表情や雰囲気が、あの手紙に描かれていたイラストとうりふたつだったのだ。

――まさか。

自分はとんでもない勘違いをしていたのだろうか。手紙に返事をくれたのが、三角屋根のレストランのシェフだと、どうして決めつけていたのだろう。冴久とヒューゴ一家は古くから親しい関係にあったのだから、当時もヒューゴがあの湖を訪れる機会はあっただろう。

仮に空き地にレストランがあったとする。冴久のコテージを訪れていたヒューゴがレストランを訪ね、駐車場に落ちていた手紙を拾った……。そうは考えられないだろうか。

可能性はある。

片言の日本語しか話せなかったシェフが、達筆な文字で日本語訳をつけてくれたことも、当時から不思議に感じていた。ヒューゴなら当時から日本語は堪能だったろう。何よりこの絵のタッチが、手紙のイラストを彷彿《ほうふつ》させる。

「その子がどうかしましたか、アオト」

「この男の子の絵も、ヒューゴさんが描いたんですよね」

「そうですよ」

碧人はポケットからスマホを取り出した。

「このイラストに見覚えありませんか」

二十四時間、手紙を持ち歩けるわけではない。だから碧人は手紙を写真に収めて携帯に保存し、いつでも見られるようにしていた。

どれどれとヒューゴが覗き込んだのは、イラスト部分をアップにして撮った一枚だ。

写真をひと目見た途端、ヒューゴは目を見開いた。

「アオト、これをどこで？」

「これを描いたの、ヒューゴさんですよね」

高まる鼓動と期待を抑えながら尋ねたが、ヒューゴは首を横に振った。

「私ではありません。しかしこれは間違いなく、私の師匠の絵です」

「師匠？」

「私に日本語や日本の文化など、すべてを教えてくれた人です。彼女は絵本作家なのですよ」

「絵本作家……」

彼女とヒューゴは言った。鬚のシェフだとばかり思っていた碧人は、サンタさんが女性だった可能性に新鮮な驚きを覚えた。

「絵本の描き方も彼女に習いました。だから私の描く子供の顔は、どこか彼女の作品に似てしまうんですね」

「その方は今」

「残念ながら数年前に日本に帰国してしまいました」

深く肩を落とし、ヒューゴはため息をついた。師匠の帰国はヒューゴにとって残念な出来ごとだったのだろう。

「そうですか……ヒューゴさん、彼女の連絡先をご存じですか」

「ええ、もちろん。ただ――」

ヒューゴが何か言いかけた時、厨房《ちゅうぼう》から冴久が「碧人」と首を出した。

「ちょっとパプリカが足りなくなりそうなんだ。悪いけどマーケットに行ってきてくれるか。チャリ、裏に停めてあるから」

「わかりました」

振り返った碧人に、ヒューゴは笑顔で「行ってらっしゃい」と言った。

「この話は長くなりそうなので、今度ゆっくりとしましょうね」

「そうですね」

碧人は頷き、マーケットに向かうことにした。

――絵本作家だったのか。

自転車を漕《こ》ぎながら、碧人は興奮を抑えられずにいた。

言われてみればすべて合点《がてん》がいく。書き慣れた文章、優しい文字、傷ついた心にすっと入り込むような柔和な表情をした子供のイラスト。

長い間会いたいと願い続け、意を決してフィンランドまでやってきたけれど、サンタクロースはなんと日本にいた。信じられないいすれ違いだけれど、意外な形で糸口が見つかった。

ヒューゴに彼女の連絡先を教えてもらおう。そして日本に戻ってすぐに……。

往来の真ん中で、碧人はブレーキを踏んだ。

――帰国……。

心の奥に閉じ込め、目を逸《そ》らしていた現実。

ずっとこのままではいられない。そして一度帰国したら、次はいつフィンランドに来られるかわからない。夢にまで見たサンタクロースに会えるかもしれない。けれど皮肉なことにその喜びは、冴久と離れるという現実と抱き合わせだった。

何ヶ月も会えないかもしれない。冴久は待っていてくれるだろうか。

悶々《もんもん》としたまま店に戻ると、厨房から話し声が聞こえた。

――まだいたんだ、ヒューゴさん。

「そう言ってもらえて助かりますよ、サク」

「タニヤの頼みですから」

「サクはモテますからね。タニヤは焦っているんですよ」

タニヤはヒューゴの姉だ。少しだけ聞き取れるようになったネイティブなフィンランド語に、碧人は足を止めた。

「それでエリーサの都合は」

「サクに合わせると言っています。忙しいとは言っても学生ですからね」

「後で本人と打ち合わせます」

「そうしてもらえるとありがたいです。タニヤが喜びます。贔屓目《ひいきめ》かもしれませんが、エリーサはとても賢くて美しい。姉夫婦に大切に育てられたので、気立てもいい」

「ええ」

「なのに恋人のひとりもいないなんてと、タニヤは心配して心配して。とうとうあの夜私を呼び出して『エリーサとサクと結婚させたいと思うんだけど、どうかしら』と」

結婚という言葉に、心臓がドクンと鳴った。

「どうもこうも本人たちの気持ち次第でしょうと言ったのですが、サクもエリーサも恋愛に消極的すぎるからデートくらい私たちで計画しないと、と」

話が読めてきた。碧人が怪我をした夜、ヒューゴは姉のところに行くと言っていた。その時、エリーサと冴久をデートさせる計画を持ちかけられたのだろう。

カイヴォプイスト公園ですれ違ったエリーサの美しい姿を思い出した。冴久と並んでも彼女なら見劣りしないだろう。美男美女。似合いのカップルだ。

「とりあえずエリーサのアドレス教えてもらえますか」

「ＯＫ」

冴久は断るつもりはないらしい。

――デートするんだ……エリーサさんと。

碧人は目を伏せた。


その夜碧人は、客用のベッドルームで寝たいと冴久に告げた。

「具合が悪いのか」

エリーサとのデートの話を聞かれていたことには気づいていないのだろう。冴久は心配そうに碧人の顔を覗き込んだ。甘く優しい瞳を、碧人は見ることができない。

「そうじゃないんですけど、ちょっと疲れてしまって」

「ここんとこ忙しいからな。無理させて悪かったな」

静かに首を振り、碧人は「おやすみなさい」と踵《きびす》を返した。

すぐにベッドに入ったが、とても眠れそうになかった。ひとりで寝るなんて当たり前のことだったのに、冴久と寄り添いその体温を感じた四日間が、碧人を贅沢《ぜいたく》にしてしまった。

冴久と離れて眠るのは辛い。だけど一緒に眠るのはもっと辛い。

碧人はひたすら寝返りを繰り返した。

どれくらいしただろう、不意にドアがノックされた。

「碧人、寝たのか」

——冴久さん。

返事をしかけて、思い直した。

エリーサとのデートに行かないで——。口を開いた瞬間、きっとわがままが飛び出してしまう。冴久がエリーサを選べば、タニヤはもとよりヒューゴだって嬉しいに違いない。家族同然の関係から、本当の家族へと変わるのだから。

フィンランドに来なければ、引ったくりに遭わなければ、冴久と知り合うことはなかった。恋に落ちることもなかったのだ。

異分子は自分。あらためて自覚してみれば、当たり前すぎて苦い嗤《わら》いすら浮かぶ。

碧人は拳《こぶし》を握り締め、まんじりともしない夜を過ごした。

次の定休日、冴久は案の定「ちょっと出かけてくる」とだけ言い残し、行き先も告げずに出かけていった。エリーサと会うのだろう。打ち明けられたらそれはそれでショックなのだろうけれど、秘密にされればやはり傷つく。

今日一日何をして過ごそう。主のいない部屋は知らない場所のようで、窓からはさんさんと日ざしが注いでいるのにどこか寒々としていた。

ふたりはどこで待ち合わせているのだろう。どこへ向かうのだろう。

悶々としているとスマホが鳴った。確認するまでもなく、啓介からの着信だった。

『おはよう、碧人』

「どうしたんですか、こんな時間に」

『そう尖るなよ。来ちゃったんだ』

「来ちゃったって……」

『今、お前が働いている店の前にいる』

「へ？」

碧人は急いで窓の下を覗いた。

——嘘……。

見下ろすと、啓介が歩道からこちらを見上げ、にこにこと手を振っている。

碧人は大慌てで階段を駆け下り、表通りに出た。

「ど、どうしたんですか。仕事は？」

「有給が売るくらいあってね」

「でもどうして、こんな、急に」

「予告したら碧人、来るなって言うだろ」

「それは……」

「かけ直すって言うからずっと待ってたのに、ちっとも電話よこさないし」

啓介はちょっと拗ねたようにちらりと碧人を見下ろした。

「……すみません、忙しくて」

忘れていたわけではない。ただなんとなく、電話しづらかった。

「夜も忙しかったのか」

「え？」

ぎょっと顔を上げると啓介は「冗談」と優しく微笑んだ。

「噂《うわさ》のシェフさんはいるの？」

「今日は出かけています」

「んじゃ一緒に出かけないか。俺もヘルシンキは久しぶりだから」

結局碧人は急遽《きゅうきょ》啓介とふたりでヘルシンキ観光をすることになった。学生時代にフィンランド旅行を経験している啓介は、主な観光地は網羅していたが、カイヴォプイスト公園界隈《わい》には行ったことがないというので、まずそこを目指すことにした。

「碧人、これ見てみ」

バスの中で啓介が紙切れを取り出した。新聞の切り抜きだった。

「先週の月曜の朝経《ちょうけい》新聞だ。読んでみろよ」

訝りつつ、碧人はその小さな記事に目を通した。

【……署は十八日、中央線の列車内で女子生徒（一七）の体を触ったとして、四十四歳の会社員を迷惑行為防止条例違反容疑で現行犯逮捕したと発表……】

逮捕された会社員の名前に、碧人はハッとした。

「そいつ、お前が前いた会社のセクハラ野郎だろ」

自分を退職に追い込んだ課長は、痴漢《ちかん》行為で逮捕されていた。

「朝経の社会部にいる友達に聞いたんだけど、痴漢とかセクハラの余罪がざくざくあるらしい。会社の女性社員が何人か被害届を出すことを検討しているらしい」

「何人かって……」

「お前が助けた子だけじゃなかったんだ。そいつにセクハラされてたの。なあ碧人」

隣の席の啓介は上半身を捩るように、碧人の顔を覗き込む。

「戻れるかもしれないぞ。会社に」

「……え」

「相手は犯罪者だ。事情を説明すれば、偉いさんたちも理解してくれるかもしれないだろ。お前の助けた子が被害届を出すことになれば、なおさら」

碧人は静かに首を振った。

「おれの退職願は受理されています。それに強制的に書かされたわけじゃない」

「でもさ」

「啓介さんがおれのこと心配してくれる、その気持ちだけで嬉しいです」

もしかして啓介は、この記事を碧人に見せるために、十時間かけてフィンランドまで飛んできてくれたのだろうか。

「ありがとう、啓介さん」

感謝の気持ちは、唇から自然に零れ落ちた。

「昔っからおれ、啓介さんには助けられてばっかりですね。万が一戻れることになったとしてもあの会社に戻るつもりはないけど、でも課長が逮捕されて、正直ちょっと胸がすっとしました。啓介さんが教えてくれたおかげです。本当にありがとうございました」

「碧人、俺は」

「あ、ここで降りましょう」

気づけばすぐそこに、美しい海が広がっていた。

腹ごしらえをして、公園を歩いた。啓介が「シナモンロールが食べたい」と言うので、冴久が太鼓判を押した店に案内した。

「碧人は食べないのか？」

「お腹《なか》いっぱいなんです。おれに構わずどうぞ」

「んじゃ俺も後で食う」

啓介はちょっと残念そうに、シナモンロールを袋ごとバッグにつめ込んだ。

それからふたりで市内中心部にある啓介のホテルまで、歩いて戻ることにした。大学時代の思い出、啓介の仕事の話、共通の友人の近況——話題が尽きることはなかった。知り合って六年にもなるのだから当たり前かもしれない。

啓介の隣にいれば、なんとなく安心できた。さりげない優しさと気遣いを、いつもありがたいと思っていた。冴久はヒューゴを「家族同然」と言った。碧人の啓介に対する感情もそれに近いものがある。

大切な人。けれど恋にはならない。

「碧人、やっぱ俺これ食うわ。ちょい腹減ってきた」

エスプラナーディ公園まで来た時、啓介は照れ笑いしながらシナモンロールを取り出した。

「そこの芝生《しばふ》に座りましょうか」

「碧人も食うだろ？」

「おれは、まだお腹減っていないんで」

このシナモンロールだけは他の誰かと食べたくない。冴久が「連れていってやる」と言ってくれたのだから。

「いいから食えって、ほら」

啓介はシナモンロールを半分にちぎって、碧人の手に載せようとした。

「本当にお腹いっぱいなんです」

「嘘つけ。碧人は痩せてるくせに結構食うんだ」

知っているんだぞとばかりに、啓介は小さくちぎったシナモンロールを碧人の口に放り込んだ。

「むっ……」

「あ、美味《うま》いな」

啓介は残りのシナモンロールにぱくりと大きく齧《かじ》りついた。

品のよい甘さが口に広がる。確かにとても美味しかった。

意地を張って吐き出すわけにもいかず、仕方なく味わっていると、通りの向こう側にある店から出てきた男女のふたり連れを捉えた。

──あっ……。

冴久とエリーサだった。

急に固まった碧人の視線を、啓介が追う。

「知っている人か」

「……いいえ」

咄嗟《とっさ》の嘘は、すぐに見破られた。

「男の方、もしかしてお前の店のシェフなんじゃないのか」

答えられずにいると、碧人に気づいたのだろうエリーサが冴久に何か耳打ちしている。

——最悪。

どうしていいのかわからずその場に座っていると、冴久が大股で近づいてきた。

「初めまして。碧人がお世話になっている方ですよね」

先に挨拶をしたのは啓介だった。

「きみは？」

「栗原《くりはら》啓介と申します。碧人の大学の先輩で、家が近所で親同士が友達で、とりあえず一番親しい友人です」

今のところは、と啓介は付け加えた。

「北川《きたがわ》冴久です」

名乗り合ったふたりだが、どちらも手を伸ばそうとしない。

なんとも言えない空気を切り裂いたのは、またしても啓介だった。

「北川さん。いきなりでアレなんですが、碧人を日本に連れて帰ろうと思います。そのために来ました」

「啓介さん！」

突然落とされた爆弾に、碧人は激しく動揺した。

「碧人が、帰国を望んでいるんでしょうか」

冴久は表情を変えない。この少し先の歩道で初めて会った時のような、冷たく抑揚のない声だった。

「碧人の両親が望んでいます。こいつ、親にずっと連絡入れてないんで」

冴久がちらりと視線をよこした。碧人は黙って俯くしかなかった。

「こいつの両親は、こいつと同じですごく優しいから、『どうして連絡よこさないんだ』なんて怒ったりはしません。けど心配はしています。当たり前ですよね。大事なひとり息子《むすこ》が突然会社辞めたと思ったら、有り金叩《はた》いてフィンランドに旅行に行ってしまって、挙げ句予定を過ぎても帰国しないんだから」

「つまり碧人の両親に『連れ帰ってほしい』と頼まれた、ということかな」

「そう取ってくださって結構です」

「啓介さん！」

碧人は啓介の腕を引っ張り叫んだ。全然連絡していないわけではない。フィンランドに来てから四、五回は母にメッセージを送っている。しかし返ってくるのは決まって『了解。気の済むまで楽しんでらっしゃい(^o^)』というような陽気な返事だった。

「嘘はやめてください」

「嘘じゃない。確かに言葉にして頼まれてはいないけど」

啓介はまるで目の前の冴久もエリーサも目に入らないように、碧人だけをじっと見つめた。

「けど、なんですか」

「いや、後で話す」

啓介は冴久とエリーサに一礼し、「とにかく行こう」と碧人の背中を押した。

振り返った碧人の目に、仁王立ちする冴久が映った。何か言いたげなのに追ってきてはくれない。エリーサと一緒なのだから当たり前かと思ったら、胸の奥がしくしくと痛んだ。


重苦しい気持ちで冴久のアパートメントに戻ったのは、日が落ち始めた頃だった。

今さっき啓介から聞かされた話を、碧人はまだ信じられずにいた。

エスプラナーディ公園で冴久たちと別れた後、啓介は宿泊先のホテルの部屋に碧人を誘った。気乗りがしなかったが、何か話がありそうだったので仕方なくついていくと、啓介はドアを閉めるなり言った。

『あのな碧人、おばさん、先月のガン検診で引っかかったんだ』

『……え』

『今度の月曜、再検査だって。うちの母さんも先週初めて聞かされて、ショック受けてた』

『再検査って、そんなことおれ、何も』

『聞いてないよな。当たり前だ。わざわざ連絡したら今すぐ帰ってこいって言うようなもんだから。お前が旅を十分楽しんで、帰国したらその時話そうと思っているんだろ』

『そんな……』

手足が冷たくなっていく。頭の芯《しん》が痺れたように、考えがまとまらない。

『お前がすぐに帰る気になってくれたら、俺の口からは言わないつもりだったんだけど』

啓介は苦いものを吐き出すように言うと、バッグから航空券を取り出した。

『おれは明日の便で帰るけど、どうする』

驚いたことに啓介は、碧人の分のチケットも用意していた。

ひと晩考えさせてくださいと言い残してホテルを出た。

答えを出せないまま、アパートに着いてしまった。冴久はすでに帰宅していた。

「飯は？」

優しい声に、碧人は俯いたまま首を横に振った。夕食はとっていないが、とても食べられる気分ではなかった。冴久は「そうか」と頷いた。

いつもなら料理を挟んで会話を弾ませるテーブルも、今夜は空だ。冴久はソファーに腰かけたまま、碧人は壁に背中を預けたまま、俯いて押し黙っていた。

「碧人、さっき」

「冴久さん、おれ」

ふたり同時に口を開いた。一瞬驚いて目を見合わせる。

「冴久さんからどうぞ」

「お前の話を先に聞きたい」

気持ちは固まりつつあったが、それでもなおしばらく逡巡《しゅんじゅん》した。

「一度、日本に帰ろうと思います」

言葉にした途端思いがこみ上げてくる。嫌だ。冴久と離れるのは嫌だ。

けれど同時に帰りたい。一刻も早く帰って母の顔を見たい。

やじろべえになってしまった心がバランスを崩さないように、碧人はきつく唇を嚙んだ。

暗い顔で帰ってきた碧人を見て、ある程度予想がついていたのかもしれない、冴久はそっと顔を俯け「うん」とひと言呟いた。

重い沈黙が落ちる。

「すみません。急で」

冴久はしばらく黙っていたが、やがてゆっくりと立ち上がり近づいてきた。そして碧人の顔の両側の壁に、ドンと乱暴に両手を突いた。

「帰さない」

「……え」

「帰るな。ずっとここにいろ」

いつかのような冗談めいた雰囲気ではなかった。本気の視線に貫かれる。

――冴久さん……。

「いろよ」

唸るような声は、痛くて甘くて切なくて、碧人は唇を強く噛みしめた。

やっぱり帰りたくない。離れたくない。ずっと冴久の傍にいたい。

「冴久さん、おれ――」

言いかけた瞬間、冴久はまるで引き剝がすように床に視線を落とし、「嘘だ」と低く言った。

「俺も、帰った方がいいと思う」

「……え」

「家族に心配かけるのはよくない」

引き留められれば困惑に心揺れ、背中を押されれば突き放されたようで寂しい。一体冴久にどうしてほしいと言うのか。身勝手な迷いに翻弄される自分の弱さが悲しかった。

「両親に顔を見せたらすぐに戻ってきます」

余計な心配をかけたくないから、母の再検査のことは伏せた。

冴久は少しの間また沈黙し、小さく頷くとようやくその端整な顔を上げた。

「慌てなくていい」

「……え」

「ずいぶん心配させているようだから、ご両親のところで少しゆっくりしてこい」

視線が合うと、冴久は口元にうっすら笑みを浮かべた。優しさから出た台詞だとわかっているのに、心が抉《えぐ》られたように痛む。

好きだと言ってくれたのに。伴侶候補だと。なのに急いで戻ってくる必要はないという。

脳裏に昼間の光景が蘇る。碧人の目にそう映ったように、おそらく冴久とエリーサはそこにいた誰の目にも「似合いの恋人同士」に見えただろう。

やはり冴久はエリーサと……。やじろべえがぐらぐらと揺れる。

「いつ発《た》つんだ」

「本当に急なんですけど、明日」

冴久の瞳に、さすがに驚きの色が走った。

「栗原くんと一緒に帰るのか」

「はい、でも」

「チケット、お前の分も用意してきたんだな」

「啓介さんはただの大学の先輩です。家が近くて親同士も知り合いで、でもそれだけです」

自分でも驚くほど早口で捲《まく》したてた。言い訳すればするほど、啓介との親しさを強調してしまう。疚《やま》しいことなど何もないのに、焦りばかりが空回りする。

「さっき聞いた」

「旅行でひと月も留守にしたの初めてで、父さんも母さんも啓介さんも、ちょっと心配したのかもしれません。みんなして過保護なんですよね……って、連絡しなかったおれが悪いんですけど。それにさっきおれ、仕方なく食べたんです」

ん？　と冴久が首を傾げた。

「シナモンロール。啓介さんが無理矢理口に入れて、それで仕方なく」

「どうして食べたくなかったんだ」

「だって冴久さんが……」

連れていってやると約束したから。

呑《の》み込んだ台詞はしかし、ちゃんと伝わったのかもしれない。冴久はソファーから立ち上がり、ゆっくりと近づいてきた。

「美味しかっただろ、俺の一押し」

「はい……でもおれは、冴久さんと食べたかったんです」

うん、と冴久が頷いた。わかっているよと言うように。

「待ってるから」

優しい声に、碧人はのろりと顔を上げる。

「お前が帰ってくるまでちゃんと待ってるよ。だから安心して帰れ」

「冴久さん……」

長い腕が、碧人の頭をふわりと胸に抱き寄せた。

「エリーサとはなんでもない」

「……え」

「さっき俺が言おうとしたこと。お前が邪推するといけないと思って黙っていたけれど、こうなるなら最初からちゃんと話せばよかった。嫌な思いさせてごめんな」

冴久のシャツに額を擦りつけるように首を振った。

ヒューゴに頼まれて仕方なくデートまがいのことをしたが、昔も今もエリーサのことは妹のようにしか感じられない。当のエリーサも研究に忙しくて今は恋愛どころではないと言っている。一度ふたりで食事でもして「その気になれない」と報告すれば、タニヤも納得するだろうと思った——。打ち明けながら冴久は、碧人の髪を愛《いと》しそうに撫でた。

別の相手と連れだっていたのは碧人も一緒だ。冴久だって驚いただろう。けど碧人を責める言葉をぶつけることもせず、「ごめんな」と謝る。

冴久はいつでも真っ直《まっす》ぐだ。芯が通っていて強い。

だから好きになったのだ。こんなにも。

「本当に、待っていてくれますか」

「ああ。待ってる」

碧人の鼓膜に刻み込むように、冴久は待っていると繰り返した。

「いつまでも待ってる」

「……はい」

このまま死ぬまで離れたくない。ずっと一緒にいたい。

こんな不安な気持ちのまま、帰りたくなんかない。

喉《のど》まで出かかった本音を懸命に呑み込む。一秒ごとに膨れ上がるそれは碧人の喉をつまらせ、つうんと鈍い痛みを放った。

——ダメだ。

泣いたらダメだ。強く拳を握り、碧人は顔を上げた。

「戻る日が決まったら連絡します」

「ああ」

見下ろす冴久の瞳が優しい。碧人は深く息を吸い込み、目の前の愛しい胸板を押した。

「何から何まで本当にお世話になりました」

上手《うま》く笑えているだろうか。自分ではわからない。

最後まで触れていた冴久の手のひらが、碧人の頰をなぞるように離れていった。

「こちらこそ」

二十センチ向こうで、冴久が答えた。

冴久の声が好きだった。ウッドベースの弦を弾いたような、渋くて深くて艶《つや》のある声。

碧人、と名前を呼ばれるだけで、恥ずかしいけれどバカみたいにうっとりしてしまった。

——必ず……必ず戻ってきます。

状況によっては、戻ってこられないかもしれない。それでも誓わずにはいられなかった。

約束できない決意を、碧人は心の一番奥にしまった。


突然の帰国に、父も母も驚きを隠さなかった。しかし「帰ってくるなら連絡くらいしなさい」という文句の裏に、喜びと安堵《あんど》が潜んでいることはわかった。母は思ったより元気で顔色もよかったが、それでも再検査の前はキッチンの片隅でこっそりとため息をついていた。

ひと月留守にした間に、父も母も少し年老いた気がする。無論ひと月でふたりが変わったわけではない。卒業、就職、退職と忙しさに流されて、毎朝毎晩顔を合わせているはずの両親を、自分がまるで見ていなかっただけなのだろう。

朝、身支度《みじたく》を整える母に「一緒に行こうか」と声をかけたが「大げさよ」と笑われてしまった。ランチにでも行くように明るく出かける母に、なんと声をかけていいのかわからなかかった。

数日後、検査の結果が出た。付き添っていた父から「ガンではなかった」と連絡をもらった時は、安堵から床に座り込んでしまった。

その夜は久しぶりに三人で外食をした。子供の頃、誰かの誕生日やクリスマスに利用した近所のビストロで、父は終始上機嫌だった。一番高いワインを頼もうとして母に窘《たしな》められる始末だったが、「お父さんったら」と眉根を寄せる母も、その口元は楽しそうに笑っていた。

降って湧いた心配ごとは杞憂に終わったが、それでもこのタイミングで帰国したことは間違いではなかったと思えた。

「碧人にも心配かけちゃったわね。本当はもっとあっちにいたかったんじゃないの？」

「そんなことないよ。そろそろ帰ろうと思ってたところだったから」

「父さんと歩いた場所、思い出せたか？」

母のグラスにワインを注ぎながら、父が尋ねた。

「前の時のことは、子供だったし正直あんまり覚えていないんだけど、多分変わってなかったと思う。着いてすぐにエスプラナーディ公園に行ったんだけど、父さんとあそこでシナモンロール食べたよね」

「ああ、食べたな。すごく甘かったんだよな」

懐かしいなあ、と父は目を細めた。

「空気のきれいな街だったなあ」

「ねえお父さん、今度フィンランド旅行に行きましょうよ。私だけ行ったことがないんですもの。ずるいわ」

母は少女のように目を輝かせた。

「私ね、ずっとオーロラを見てみたいと思っていたの。本当はあなたの赴任中にと思っていたんだけど」

当時仕事を持っていた母は、父の赴任地を一度も訪ねることができなかった。仕事を辞めた今なら時間の自由が利く。

「碧人、オーロラどうだった？　見に行ったんでしょ？」

無邪気な母の質問にひやりとした。両親は碧人が、フィンランド全土を旅していたと思っていたらしい。

「オーロラは見てないんだ」

「あらそうなの。ひと月もフィンランドにいたんだからてっきり」

「タイミングが合わなくて」

「残念だったわねえ」

「……うん」

そっと視線を外した。あまり連絡を入れなかったのは、嘘をつきたくなかったからに他ならない。到着するなり全財産を盗られ、助けてくれた人の店を手伝っているうちに恋に落ちてしまった。しかも相手は同性。

正直に言えるはずがない。けれどもう一度、旅行ではなく永住するつもりでフィンランドに渡るとなれば、ごまかさずにすべてを打ち明けなければならない。越えなければならない壁は、想像していたより高い。

自宅に帰ると、門の前に誰かが立っているのが見えた。

「あら、啓介くんじゃない？」

気づいた母が嬉しそうに手を振った。啓介はにっこりと微笑み一礼する。会社帰りなのだろうスーツ姿でビジネスバッグを手にしている。

「こんばんは」

「こんばんは。今帰りなの？　上がっていったら？」

啓介の深森《ふかもり》家における評判はすこぶるよい。好青年で折り目正しく、何よりいつも碧人を気にかけ、ついにはフィンランドから連れ戻してくれたのだから。

「しばらくぶりなんでちょっと碧人と話したくて、勝手に待っていました」

実は飲みに行かないかと誘われていたのだが、今夜は両親と食事に出かけるからと断っていた。

「駅前のカフェに行かないか。まだそんな遅くないし」

「今夜は……」

断ろうとすると、母が背中をつんと押した。

「よろしくね、啓介くん。この子は本当に、自分から誰か誘うってことを知らなくて」

「よーくわかっています」

「碧人、行ってらっしゃい。啓介さんにいろいろ相談に乗ってもらいなさい、これからのことか」

「え……」

これからのこと。

帰国してから一度も出さなかった言葉を、母は啓介の前で口にした。

「任せてください」

胸でも叩かんばかりに答え、啓介は「行こう」と笑顔で歩き出した。

わけのわからない不快感が胸に広がるのを感じつつ、碧人は仕方なく啓介の後に付いた。

カフェに着くなり、啓介はバッグからA４のコピー用紙を取り出し、碧人の前に差し出した。

「なんですか、これ」

「リスト。お前が興味ありそうな業種の中で、俺の知り合いや先輩がいる会社を一覧にしてみた。赤丸がついているのは、過去に中途採用の実績がある会社だ」

「中途って、ちょっと待ってください」

いきなり始まった再就職の勧めに、碧人は当惑した。

「余計なことだと思うかもしれないけど」

「そうじゃなくて。気持ちはありがたいんですけど、おれはまだ」

「就活するつもりはないって？　碧人、ぼやぼやしてるとマジでニートになっちまうぞ」

「ニートになるつもりはありません」

「つもりはなくても、気づいたらいつの間にかってこともあるんだよ。今の碧人は俺から見たらすごく危なっかしい」

いつになく厳しい口調に、碧人は唇を噛んだ。

注文したコーヒーが運ばれてくる。

ゆらゆらと立ちのぼる湯気を、碧人は睨むようにじっと見つめた。

「きつい言い方してごめんな。でも急いだ方がいいと思う。みんなが入りたがる企業の正規採用は新卒でも厳しいんだ。まして一度辞めたとなると」

「わかっています」

俯いたまま答えると、テーブルの向こうで啓介がため息をついた。

「俺にはわかっていないように見えるけど」

「ちゃんとわかっています」

意地のように繰り返しながら碧人の心は沈んでいく。誰が考えても啓介が言っていることは正論だ。わかっていてもどうにもならない。どうしたらいいのかわからない。目の前に冴久がいない。もう会えないかもしれないという現実を、碧人はまだ受け入れられずにいる。

「飲めよ。冷めるぞ」

頷いただけでカップを手に取ろうとしない碧人に、啓介は少し声色を和らげた。

「本当にわかっているんならいいんだ」

「すみません……」

「謝ることじゃないだろ。碧人は何も悪くない。ただ」

啓介はコーヒーをひと口啜《すす》り、静かな声で言った。

「俺はさ、碧人にはいつも笑っていてほしいんだ。お前の辛そうな顔は見たくない。学生時代みたいなわけにはいかなくても、前みたいに時々飲みに行ったり、バカ話したり……そういうさりげない日常の中に、幸せってあるんじゃないのかな」

多分啓介は、碧人と冴久の間に流れる感情に気づいている。

そして暗に否定しているのだ。旅行先で出会った相手との、非日常的な恋愛を。

窓の外を若い恋人たちが肩寄せ合って歩く。交わす微笑みが幸せに満ちていて、碧人はそっと目を逸らした。

「遠距離は難しいよ」

同じ光景を見つめながら、啓介が言う。

「どうして恋人同士がぴったりとくっついて歩くかわかるか」

「……さあ」

「単に触りたいからっていうのもあるけど、俺はこう思うんだ。好きな相手との距離を限りなくゼロにしたいっていうのは、人間の本能なんじゃないかなって。究極がセックスだ。結局身体の距離は心の距離なんだよ。最初はよくても離れている時間が長くなればなるほど不安になる。期限が決まっていても難しい。先が見えなければなお難しい。それが現実だ」

「…………」

「悪いことは言わない。あの人のことは忘れろ。忘れて就活がんばれよ。しばらくは辛いかもしれないけど、就職して毎日忙しくしているうちに失恋の傷なんてすぐに癒《い》えるさ。お前がその気になれば、俺が全力でサポートしてやる。力になってやるから。な？」

曖昧に頷いた碧人を、啓介はそれ以上諭そうとしなかった。

啓介と別れて家に帰ると、碧人の心はますます暗く沈んだ。

優しいから口にこそ出さないが、碧人が就活を始めることを、啓介だけでなく父も母も心待ちにしている。病気でもないのに、どこへ出かけるわけでもなく日がな一日家でぼんやりと過ごす息子を、心配しない親はいない。

辛そうな顔は見たくないと啓介は言った。そんなつもりはなかったけれど、帰国してからの自分には、笑顔がなかったのだろう。

笑顔は誰かが引き出してくれるものだと冴久は言った。それが本当ならば、碧人は一生笑えないかもしれない。碧人の笑顔を引き出してくれる人は世界にただひとり、冴久しかいない。冴久の傍にいればそれだけで楽しかった。冴久さえいてくれたら何もいらなかった。

今だって。

ベッドに横たわっても眠ることはできなかった。帰国してからずっとそうだ。

机の片隅の暗がりには、手紙の入った桐の小箱が置かれている。その横には啓介からもらった会社のリストが、月明かりに照らされ白く浮かび上がっている。

まるで夢と現実。目を覚ませと言われている気がして、堪らなくなる。

どうすればいいのだろう。どうするのが正しいのだろう。

自分の居場所はどこにあるんだろう。

――冴久さん……。

碧人はスマホに手を伸ばした。

今すぐ声を聞きたいけれど、聞いたらきっと堪《こら》えられなくなってしまう。

少し考えて、碧人はヒューゴの番号を押した。

『ハロー、アオト、久しぶりですね。お元気でしたか？』

ろくに挨拶もせず帰国してしまったこと詫《わ》びる碧人を、ヒューゴは明るく『仕方ありませんよ』と許してくれた。

「そちらはお変わりありませんか」

『ええ何も。サクとは連絡を取っているんでしょ？』

当然のように尋ねられ、碧人は「忙しくてまだ」と言葉を濁した。

「それよりなんか賑《にぎ》やかですね」

ヒューゴの背後で高らかな笑い声がする。

『うるさくてすみません。今、姉の家にいるんです』

「そうだったんですか。知らなくてすみません」

『いいんです。このところタニヤはとても機嫌がよくて、それはいいことなのですが、こうして頻繁に食事に呼ばれて、実はちょっと困っています』

ヒューゴはふふっとイタズラに笑った。

『エリーサから聞きました。アオトはサクと彼女のデートに遭遇したそうですね』

「……はい」

『あれからなんですよ、タニヤが上機嫌なのは。きっとふたりの関係がタニヤの思ったとおりの方向に向かっているからではないかと、私は密かに思っているんです』

携帯を握り締めたまま、碧人は身を硬くした。

「あの、冴久さんは、なんて」

『サクは昔からそういう話をしない男です。本人は否定しますけどとてもシャイですからね。でもまんざらではないと思いますよ。アオトが帰国してから、エリーサが時々店を手伝いに行っているようですから』

「えっ……」

エリーサが『シニネン』を手伝っている……？

彼女がメインで行っていた研究がちょうどひと段落したこともあって、アルバイト募集中の『シニネン』を何日か手伝ったのだとヒューゴは話してくれた。

『ですから店のことは、アオトは心配しなくて大丈夫ですよ。それより就職活動、がんばっていますか？』

「なんとか……がんばっています」

消えそうな声でそう答えるのが精一杯だった。

『そうですか。それはよかった。人生にはいろいろハプニングがありますが、ヘルシンキで過ごしたひと月は、きっとアオトのこれからの人生に輝きを与えてくれると思いますよ』

「……はい」

『日本に遊びに行く時には、必ず連絡しますからね。秋葉原《あきはばら》と中野《なかの》にぜひ行ってみたいのですが案内してもらえますか』

「もちろんです」

『それではいつかまた会いましょう』

そう言って、ヒューゴは電話を切った。ツーという乾いた電子音を聞きながら、碧人の脳裏にはあの日エスプラナーディ公園で見たふたりの姿が描き出されていた。

身体の距離は心の距離なんだよ。

さっきの啓介の台詞が耳の奥で何度も繰り返される。

「終わりなのかな……」

待っているという冴久の言葉を信じているつもりだったのに、たった一週間でもうぐらついている。すぐに戻ると誓ってみたけれど、本音を言えば最初から自信などなかった。

冴久も同じなのかもしれない。待っていたいと思っても、離れてしまった途端に信じられなくなる。身体はひとつしかない。心だって。啓介の言うとおり、あまりに遠すぎる距離に冷めてしまう愛や恋は、星の数ほどあるのだろう。

震える指で電話帳を開いた。冴久の番号を押そうとして、閉じた。

そのまま机に手を伸ばし、啓介のくれたリストを手に取る。

たった一枚のコピー用紙が、ずっしり重く感じられた。

翌週から碧人は就職活動を始めた。気持ちの整理がついたわけではない。むしろ整理をつけるために、何かしなければと思ったのだ。ひとりの部屋で一日中冴久のことを考えていると頭がどうにかなりそうだった。望まない就職のためでも、忙しく動き回っている方がずっと楽だった。

幸か不幸か、受けた会社からはことごとく不採用の通知が来た。啓介が口添えしてくれた企業ですら色よい返事はもらえなかった。理由はわかっている。面接だ。

どこの会社でもペーパーテストはわりとよくできた。しかし面接官と向き合った途端、顔が引き攣り思考が停止し、言葉が出てこなくなってしまうのだ。二年前の就職活動ではこんなこと一度もなかったのに。

——あの頃と同じだ。

十社目の不採用通知を手にした時、碧人は思った。遠足の写真をからかわれて笑えなくなってしまった、十四年前とまったく同じ状態だった。それでも立ち止まるのが怖くて、碧人は闇雲に面接に向かった。

革靴を履き潰したのは九月のことだった。新しい靴が足に馴染《なじ》まず踵《かかと》の皮が剝けた。身体にも心にも、日に日に疲れが溜《た》まっていくのを感じていた。

何も感じまい。何も考えまい。意思を持たず、ただ流れに身を任せていればきっと忘れられる。痛みは消える。そう思わなければ生きていかれなかった。

十月半ばのある日、二十社目の面接を終えた碧人を啓介が訪ねてきた。金曜の夜で、父も母もそれぞれ友人と出かけて留守だった。

「はい、土産《みやげ》」

差し出された紙袋には、近所の洋菓子店のプリンが入っていた。母親経由で今夜は碧人が家にひとりだと聞いていたのだろう。

「すみません、せっかくなんですけどおれ」

「そのプリン、好きだったよな」

生クリームが載ったとろとろのプリンが美味しいと、教えてくれたのは啓介だった。

「ええ、でも今は」

「少しだけでもいいから食えよ。好きなものなら喉を通るだろ」

表情は穏やかだが、その声には有無を言わせない強さがあった。

「お前、最近ろくに食ってないだろ。そんなに痩せちまって」

「夏は毎年食欲がなくて」

「夏？　もう十月だぞ。あと半月で十一月だ」

「そうでしたっけ」

そう言えば少し前から蟬《せみ》の声を聞いていない。あはっと笑うと小さな舌打ちが聞こえた。

「なあ、しっかりしろよ、碧人」

吐き出すように言い、啓介は碧人の正面に立った。怒っているような、それでいて泣き出しそうな顔を、碧人は不思議な気持ちで見上げた。

「どうしたんですか、啓介さん」

「どうしたんですかじゃないだろ」

「だって顔が怖い……あっ」

突然腕を強く引かれた。前のめりになった碧人を、啓介はその胸に抱き寄せた。

「啓介さん……なに」

「俺じゃダメか」

「……え」

「俺はお前を元気にしてやれないのか」

「………………」

答えられなかった。啓介はいつも優しい。このところ碧人が食欲をなくしていると知って、好物のプリンを買ってきてくれたのだろう。

心遣いがありがたくて、申し訳なくて、だけどどうすることもできない。

「どうしていつまでも空っぽなんだよ。なあ、笑ってくれよ、碧人」

碧人のこけた頬を両手で挟み、啓介はひどく苦しそうに囁いた。

「頼むから、前みたいにさ」

「こんな感じ、ですか？」

必死に笑顔を作ってみせたのに、啓介の瞳には落胆の色が浮かんだ。

「俺はお前の傍にいるよ。ずっとずっと」

「ありがとうございます。いつも助けてもらって感謝しています」

「碧人……」

そうじゃないだろ、と啓介は頭を振った。

「好きなんだ」

頭上にはらりと落ちてきたのは、掠れた声の告白だった。

「お前が好きなんだ、碧人。ずっと前から好きだった」

「…………」

「わかっていたと思うけど」

啓介の優しさに込められた熱っぽい感情に、気づいていなかったと言えば嘘になる。

ずっと気づかずにいたいと願う身勝手さを、許されていたことにも。

「キスしてもいい？」

気の置けないご近所の先輩は、そこにはもういない。見下ろす視線はどろりと濃くて甘くて、さあここに落ちておいでと碧人を誘っていた。

——落ちたら楽になれるのかな。

啓介は誠実だから嘘などつかない。ずっと碧人の傍にいて、支えてくれるだろう。

けれど自分は啓介に何を与えてやれるだろう。心にぽっかり空いた穴は、塞がるどころか日々大きくなり、碧人自身を呑み込んでしまいそうだ。啓介が言ったとおり、今の碧人は「空っぽ」なのだ。

啓介の唇が近づいてくる。疲れて眠るように、碧人は目を閉じた。

「いいのか」

ひと時の闇に包まれると、不思議なことに目の前に冴久がいるような気がした。

その声は啓介のものなのに、暗闇の中で碧人は冴久を探していた。

——どこにいるんですか、冴久さん……冴久さん……。

「……冴久さん」

自分の声に、驚いて目を開けた。我に返った碧人の目に飛び込んできたのは、深く傷ついたように見開かれた啓介の瞳だった。

「すみま——」

「謝るなっ」

唸るような声に、碧人はびくんと身を竦ませた。今度は啓介が慌てる。

「ああ……ごめん。謝らなくていいって言いたかったんだ」

碧人はふるふると首を振る。ひどいことをしたのは自分だ。

「今夜は俺、どうかしてるな」

「啓介さん、あの」

「帰る」

「啓介さん！」

逃げるように出ていく後ろ姿を見送りながら、碧人は激しい自己嫌悪に襲われた。

ほんの一瞬、自失していた。ここがどこなのかわからなくなっていた。目の前にいるのが誰なのかも。胸の奥底から突き上げてくるように唇から零れ落ちた名前は、いつも傍にいて励ましてくれた大切な人を傷つけた。

生きているのか死んでいるのかわからない抜け殻のような自分を、それでも啓介は好きだと言ってくれた。たとえその気持ちに応えられないとしても、冴久の名前を口にするなんてひどすぎる。

——最っ低……。

追いかけてもう一度謝りたい。そう思うことすらきっと傲慢なのだ。

自分のことで精一杯だったなんて言い訳にもならない。

「しっかりしなきゃ」

夜の静寂に小さく呟いた。このままじゃいけない。

忘れたくない。忘れられたくない。思いは募るけれど、このまま廃人になりたくないのなら、ニート寸前に陥っている現実をどうにかする方が先だ。

「しっかりしなくちゃ」

もう一度、さっきより大きな声で繰り返して、キッチンのテーブルについた。

プリンの蓋を外し、飲むようにかき込んだ。味わうことはできそうにないけれど、とにかく何か腹に入れて、明日からまた就職口を探す。アルバイトでもなんでもいいから、とにかく働こうと思った。強くならなくちゃと思った。


街中にクリスマスソングが流れる頃、碧人はアルバイトを始めた。以前と同じ総務の仕事で、碧人は九ヶ月ぶりに朝夕の通勤電車に揺られる生活を送ることになった。

口にこそ出さないが、両親がどれほど安堵しているかはひしひしと伝わってきた。

「碧人、ちょっと飲まないか」

その夜、風呂から上がった碧人に、父が珍しく酒を勧めた。アルコール度数の低いスパークリングワインだったので、碧人は一杯だけ付き合うことにした。

グラスにワインを注ぐ父の傍《かたわ》らに、旅行雑誌が置かれている。

「フィンランド、本当に行くの？」

「ああこれか。この前母さんが買ってきたんだ。まだ何も決まっていないのに」

母は雑誌を眺めては、未《ま》だ見ぬ国に思いを馳《は》せているらしい。

「あ、美味しいね」

「だろ。いただきものなんだけど、これなら碧人も飲めるんじゃないかと思ったんだ」

フルーティーな香りは、冴久と飲んだベリーのシーデリによく似ていた。

甘さの中に、不意に苦さが混じる。碧人は勢いよくグラスの中身を飲み干した。

「どうだ仕事は。慣れたか?」

「うん。前の会社で覚えたことが思ったより役に立ってさ」

「そりゃよかった」

「父さんにも母さんにも心配かけちゃったけど、もう大丈夫だから。もしかしたら来週から
もうひとつかけ持ちで始めるかもしれない。もちろんバイトの合間に就活も続けるし」

そうか、と父は自分と碧人のグラスにそれぞれ二杯目を注いだ。

「碧人、無理をしていないか」

「……え」

驚いて顔を上げると、父は「ああいや」と苦笑した。

「ずいぶんがんばっているようだから」

「がんばらないといけない時もあるでしょ」

「そうだな」

ぴちぴちと弾ける透明な泡を見つめながら、父は小さく頷いた。

父は昔から何か言いたいことがある時、こんなふうに口元に笑みを浮かべて黙り込む。

「碧人はどうしてフィンランドに行ったんだ」

突然尋ねられ、碧人はグラスを手にしたまま一瞬たじろぐ。

「前に父さんに連れていってもらったところ、もう一度回ってみようかと思って」

「それなら出発前に相談してくれたらよかったのに」

「そうなんだけど……」

碧人は言葉尻を濁した。旅行の目的を内緒にしていたのは、単に恥ずかしかったからだ。

二十歳《はたち》を過ぎた大人が「サンタクロースを探しに」とは、なかなか口にできない。

父は碧人の瞳の奥をじっと見つめている。あの頃もそうだった。学校でのいざこざを決して話そうとしない息子の目を、ただ優しく見つめていた。

話してもいいかな。そう思ったのはほんの気まぐれだった。

久しぶりのアルコールで、肩の力が少し抜けたせいかもしれない。

「実は、探しに行ったんだ」

「探しに？」

「うん。サンタさんを」

クラスメイトにからかわれて上手く笑えなくなってしまったこと、サンタクロースに「勇気をください」と手紙を書き、フィンランドに持っていったこと、レストランの駐車場で落としてしまったにもかかわらず、その年のクリスマスに思いがけず返事がもらえたこと――。

順を追って、碧人は父にすべてを話した。

「やっぱりそうだったのか」

「気づいてた?」

「なんとなくな。手紙の内容までは知らなかったけれど、お前がフィンランド旅行に行くと言い出した時、もしかしたらあのシェフに会いに行くのかなと思ったんだ」

「……うん」

碧人がサンタクロースに宛てた手紙は、実はもう一通あった。

小学六年生になってサンタクロースのからくりを知った碧人は、返事をくれたのがレストランのシェフだったのではないかと思うようになり、お礼の手紙を認《したた》めた。レストランの住所はわからなかったから、父に、「あのレストランに届けてほしい」と託したのだ。

「あの頃学校で何があったのか、父さんも母さんも知ってたんだよね」

父は静かに頷いた。当時、母が担任の教師と何度か面談を重ねていたことは知っていた。嫌がらせの詳細が両親の耳に入っているだろうことは想像に難《かた》くなかったが、自分の口から話せるようになるまでには長い年月が必要だった。

「だからおれをフィンランドに呼んでくれたんだよね」

「少しでも気分転換になればと思ってね」

自分がどれほど両親に愛されて育ったかを、碧人は身に染みて感じた。

「手紙、届けてくれてありがとう。今さらだけど」

碧人に託された手紙を、父はレストランのポストに入れた。直接渡してくれるとばかり思っていた碧人は少し驚いたが『定休日だったから』と言われ納得した。ちょうど帰国が決まったばかりの父は毎日忙しかったはずだ。レストランまで車を飛ばして届けてくれただけで感謝しなくてはならないと思った。

「この間の旅でお前、あのレストランには辿り着けたのか」

碧人は首を振った。記憶にある湖ととてもよく似た場所には行ったのだが、三角屋根のレストランはなかった。

「そうか、やっぱり」

「やっぱり……？」

訝る碧人の前で父は少し迷い、静かな声で打ち明けた。

「実はお前から託された手紙を届けに行った時、店は閉まっていたんだ」

「定休日だったんでしょ？」

「違うんだ。閉店していたんだ」

「……閉店？」

思いがけない言葉に碧人は眉を曇らせた。

「少し前からシェフが入院していてね。もうあまり長くはないかもしれないと聞いていた」

「それじゃ、シェフは……」

父は残念そうに目を伏せる。

「父さんが帰国してほどなく、亡くなったそうだ。父さんの会社の同僚にもあの店のファンがたくさんいて、みんな残念がっていたよ」

「そうだったんだ……」

「本当のことを言うとお前がショックを受けると思って、今まで黙っていた。ごめんな」

碧人は首を振りながらうな垂れた。

ずっと会いたいと願っていたシェフが、亡くなっていたなんて思いもしなかった。

「お前の言うよく似た湖というのは、多分父さんとふたりで行った湖だろう。シェフが亡くなってしまったから、やむを得ず店をたたんだんだろうね」

あの小道の行き止まりにあった不自然な空き地は、レストランの跡地だったのだろう。

ポストに入れられた手紙に、シェフの家族が気づいてくれたかどうかは、結局今もわからないままだという。

「おれ、手紙に返事をくれたサンタさんはあの鬚のシェフだとずっと思ってた。ほら、日本語が少し話せたでしょ」

「そうだったね」

「だから六年生の時、父さんにお礼の手紙を届けてって頼んだんだけど、どうやらおれのサンタさんは、あのシェフじゃなかったみたいなんだ」

「ほう、そうだったのか」

「うん。サンタさんは女性で、今日本にいるらしいんだ」

碧人はヒューゴから聞いた情報をかいつまんで話した。父は時折頷きながら黙って聞いていたが、碧人が話し終わるのを待つようにゆっくりと顔を上げた。

「きっとお前のサンタさんは、シェフじゃなく、彼の奥さんだったんじゃないか」

「実はおれも、そうかなってちょっと思ってた」

ヒューゴから彼の〝師匠〟の話を聞かされた時、碧人も同じことを考えた。手紙をレストランの駐車場で落としたことはほぼ間違いのないことだ。シェフが片言の日本語を話せたのは、奥さんが日本人だったからではないだろうか。

「彼女の住所はわかるのか?」

碧人は首を横に振った。ヒューゴに尋ねれば教えてもらえるのだろうが、連絡すればきっと冴久とエリーサの話になる。

「そうか。残念だな。あの店のリゾット、美味かったなあ」

「リゾット?」

「覚えていないのか。あっちでよく見るきのこが入った白いリゾットだった」

直後に大切な手紙をなくしてしまったショックで、レストランで何を食べたのかはすっかり記憶から抜け落ちていた。

「おれ、あの時リゾット食べたんだ？」

「なんてきのこだったか……ああ、思い出した。あんず茸《たけ》だ。あんず茸のミルクリゾット」

父はポンと手を叩き、俺の記憶力も捨てたものじゃないと自画自賛した。

——あんず茸……？

『カンタレーラ。日本ではあんず茸と呼ばれている。あんずっぽい香りがするだろ』

不意に蘇った声が、碧人の表情を奪った。

——冴久が作ってくれたのと同じリゾット……。

自分が発案したメニューじゃないからと言っていた。ソウルフードなのだと。

『子供の頃、風邪ひいたりすると必ず親父《おやじ》が作ってくれた』

思考がゆっくりと回り出す。

初めて食べたはずなのに、不思議なことにどこか懐かしいと感じた。

あんず茸のリゾットを食べたのは、あの時が初めてじゃなかったのだとしたら——。

「父さん、シェフに子供っていた？」

「子供？」

どうしてそんなことを聞くのかというように、父は目を瞬かせ「どうだったかなあ」と腕組みをした。

「ああ、そういえば当時の部下が、高校生くらいの男の子を見たと言っていたことがある。黒髪の日本人だったから、奥さんの連れ子なんだろうなって」

「どんな子だった？　背は高かった？　名前とか聞いた？」

「詳しいことはわからないよ。シェフの名前だって知らないんだから」

「そう……だよね」

妙に食いついてきたかと思ったら、今度は突然肩を落とす息子に苦笑しながら、父は「ただ」と残りのワインを喉に流した。

「レストランの名前は覚えているよ」

「ほんと？」

「ああ。お前の名前と同じだったから、とても印象に残った」

「おれの名前……」

「碧。つまり青色という名前の店だった。フィン語で――シニネン」

「あ……」

記憶の片隅にある三角屋根のレストラン、優しい笑顔の鬚のシェフ、碧く美しい湖。

そしてサックスブルーの壁が印象的な『シニネン』――。

すべて繋《つな》がっていたのだ。

碧人も、おそらく冴久も気づかないところで、ずっと前から繋がっていた。

血縁はないのかもしれないが、鬚のシェフと冴久は間違いなく親子だ。日本に帰ってしまったというヒューゴの師匠、つまり碧人のサンタクロースは、冴久の母親だろう。親は日本にいると冴久自身が言っていた。

シェフが亡くなり、湖畔のレストランをたたんだ。しかし成長して父親と同じ料理人の道を選んだ冴久は、市街地に自分の店を出した。同じ『シニネン』という名前で。すべての壁を真っ青《さお》に塗って。

「どうした碧人、もう酔っ払ったのか？」

急に黙り込んだ息子を、父は酔ったのだと勘違いした。そう言う父もすでに頬が赤い。アルコールにあまり強くないのは遺伝だ。

「父さんこそ、明日も早いんでしょ」

「そうだな。そろそろ寝るとするか。碧人も遅くならないうちに休みなさい」

「わかった。おやすみなさい」

欠伸《あくび》をしながら父が去ったダイニングで、碧人はひとり考え込んだ。

冴久はどこまで気づいていたのだろう。夏至祭の夜コテージで、三角屋根のレストランや鬚のシェフの話をした。あの時冴久は、碧人が探している恩人が自分の父親だと気づいたはずだ。なぜすぐに教えてくれなかったのだろうと思考を巡らすうち、碧人は思い出した。

――そうか、あの時。

ピロートークの最中に啓介から電話がかかってきて、冴久がトイレに立ち、話が途切れたまま疲れた碧人は眠ってしまった。後日、おそらく冴久は話そうとしてくれたのだ。けれどエリーサとのデート話を聞いてしまったショックで、ノックされたドアを開けることができなかった。

ヒューゴに関しても同じだ。彼の師匠は冴久の母親なのだと伝えようとしたその時、たまたま買い物を頼まれ、あらためて話す機会がないまま帰国してしまった。

タイミングが悪かっただけ。そう考えかけ、いやそうではないと思い直す。

目の前にある残酷な現実から、碧人はそっと目を逸らした。

とりあえず自室に戻ろうと立ち上がった瞬間、テーブルの端から旅行雑誌がバサリと床に落ちた。拾い上げてテーブルに戻そうとした碧人の目に、一枚の写真が飛び込んで来た。偶然開かれたページは、ヘルシンキ市内のレストランを特集するコーナーだった。いくつかの料理と並んで、片隅に小さく掲載されていた写真に碧人は目を見開いた。

【フィンランド育ちの日本人シェフが作る絶品北欧料理『シニネン』】

――冴久さん……。

サックスブルーの外壁の前に腕組みをして立つ、若い長身のシェフ。無理矢理笑ってはいるけれど、どことなく不機嫌そうな顔だった。取材なんて本当は面倒くさいんだけど。そんな本音が見え隠れするなんとも冴久らしい表情に、思わず口元を綻ばせてしまった。

『とびきり美男子なのになかなか笑ってくれないシェフ。でも彼の作る料理はとても繊細で優しい味です』とキャプションがつけられている。

初めて会った時の冴久を思い出した。口が悪くて、ちょっと意地悪で厳しくて、だけどその心根に触れた時、じわじわと傷薬が効いていくような穏やかな喜びを覚えた。

お前はお前のままでいい。そのままでいいんだ。そう言われたような気がした。

「冴久さん……」

声に出して呼んでみたら、堪らなくなってしまった。

この腕に抱かれた。この唇の囁きに、キスに、夢のように酔いしれた夜。

半年近く経った今も忘れることはない。忘れることなんてできるわけがない。

——会いたい……声だけでもいいから。

震える手をスマホに伸ばした時、ふと写真の中に写り込んだ人影に気づいた。

店の前で腕組みをする冴久の隣に、木枠で縁取られた大きな窓がある。その向こう、つまり店の中に笑顔の女性が写っている。

——エリーサさん……。

エプロン姿でテーブルの片づけをする長髪の女性。暗くてぼやけている上にほんの小さくしか写っていないが、そのすらりとした立ち姿は間違いなくエリーサその人だった。

碧人はガクンと崩れ落ちるように椅子《いす》に腰を下ろし、そのままテーブルに突っ伏した。

ヒューゴからの報告でとっくにわかっていたはずなのに、衝撃は大きかった。この期《ご》に及んでまだショックを受けている自分に、はっと情けない嗤いが零れた。

元はと言えば、碧人が帰国を希望したのだ。冴久は同意し、快く送り出してくれた。ずっと待っているからと。しかし離れてみてすぐに気づいた。啓介の言うように身体の距離は心の距離なのだと。碧人が帰国してすぐ、冴久はエリーサに店の手伝いを頼んだ。狭い店で顔を合わすうち、家族同然だったふたりがそれ以上の関係になったとしてもなんの不思議もない。

もし冴久がまだ自分に対して、いくらかの思いを残してくれているのなら——。

碧人は心の奥に沈めて、見ないふりをしていた現実と対峙《たいじ》する。

帰国してから、冴久はただの一度も連絡をくれない。

待っていると言ってくれたのに、なぜメールの一通も、電話の一本もないのだろう。

店が忙しいからだろう、親子の時間を邪魔しないように気遣ってくれているのだろうと、その時々都合のいいように自分をごまかしてきたけれど、本当はとっくに気づいていた。

冴久の心に、自分はもういないのだ。

こうしている今も、すでにエリーサと新しい人生を歩み始めているのだ。

ゆっくりと顔を上げる。

下敷きになっていた雑誌が濡れていて、碧人は自分が泣いていたことに気づいた。

啓介の前で冴久の名を呼んでしまった夜、これ以上誰かを傷つけたりしないように、しっかりしなくちゃと誓った。あの時から心のどこかで、いつかこんな日が来るとわかっていたはずだったのに。泣くなんてバカみたいだと思いながら、それでも涙は止まらない。

碧人が泣こうがわめこうが、冴久の心はもう決まっているのだ。碧人が会いたがっていたサンタクロースが自分の親だと気づいても、教えてくれようとしなかった。信じたくないけれど、それが冴久の答えなのだ。

よろよろと自室に戻り、机に置かれた桐の小箱を手に取った。

傷ついて人生のどん底にいた碧人を、たった一通の手紙で救い出し、長い間心の支えになってくれたサンタクロース。あの頃も今も感謝の心は変わらない。彼女が誰であれ、「ありがとう」を伝えたい気持ちに変わりはない。

――でも……。

冴久から彼女の居場所を聞き出すことはもうできない。碧人からの連絡は、未来に向かって歩き出した冴久にとって快いものではないだろうから。

「ごめんなさいサンタさん。お礼を言いに行けなくなっちゃいました」

箱を抱き締め呟いたら、また涙が出そうになった。碧人は天井を仰《あお》ぎ深呼吸をする。

泣いたってどうにもならない。碧人は歯を食いしばった。

冴久の中では終わってしまったことなのだ。あとは碧人が自分自身の気持ちにケリをつけるだけ。そうすればふたりを繋いでいたはずの細い細い糸は完全に絶たれる。

スマホが受信を告げる。啓介からのメッセージだった。

【久しぶり。クリスマス何してる？　大学時代のサークルの友達からパーティー券二枚もらったんだけど、予定ないなら一緒にどう？】

実はキス未遂の数日後、啓介から謝罪のメッセージが来た。

【この間のこと、ごめんな。もうしないと約束する。だから今までどおりでいよう】

啓介の優しさに甘えている自分を自覚しながらも、【ありがとうございます】と返した。

いつも誰かに助けられ、許されてきた。きっと自分ほど周りに恵まれている人間はいないだろう。両親、啓介、ヒューゴ、サンタさん、それに冴久。

——いい加減、しっかりしなくちゃいけない。

碧人はふたたび自分に言い聞かせた。

もう幼い子供ではないのだ。勇気の出るおまじないはサンタクロースに教わったけれど、悲しみや苦しみを乗り越えて強く生きていく術《すべ》は、自分の中にしかない。

心の中が土砂降りだって、笑うことはできる。

辛い思いもやりきれなさも、すべて笑顔の下に隠して生きていく。

それが自分を支えてくれた人たちへの恩返しなのだ。

【いいですね、パーティー。おれでよかったらぜひ】

メッセージを送ると、速攻で【了解。楽しみにしてる】と返ってきた。

これでいい。きっとこれが正しい道なのだ。

――そうでしょ？　サンタさん。

桐の小箱に問いかけてみたけれど、何も答えてはくれなかった。


クリスマスパーティーの会場は、気取らないフレンチスタイルのビストロだった。二階フロアを貸し切った立食パーティーで、椅子やテーブルを取り払ったスペースに、男女三十人ほどがひしめいていた。

主催者は啓介の所属していたサークルの会長で、彼の知人縁人を通じて、ＯＢだけでなく様々な人たちが集まっていた。当時啓介から紹介されたことのある顔もちらほら見えたが、名前までは覚えていなかった。軽く挨拶を交わした後、碧人は楽しげに話を弾ませる人たちの間をすり抜けるように、フロアの隅へ移動した。

思ったより人数が多くて内心ホッとした。大人数での食事は苦手だけれど、これくらい雑然としていれば、自分の存在を気に留める人はいない。乾杯のシャンパンをちびちび舐めたり料理を摘《つま》んだり、壁の花に徹している間に時間は過ぎていくだろう。

あちこちでドッと笑いの花火が上がる。楽しそうにしている人を、遠くから見ているのは嫌いではない。ただ輪の中に引き込まれた途端、すぐに同じテンションになれない碧人は、場の雰囲気を壊してしまわないかと気後れしてしまうのだ。

昔も今も啓介は人気者だ。壁際の碧人を気遣い「どれが食いたい？　持ってきてやる」と言った傍から「啓介せんぱ～い、こっちで飲みましょうよ～」と華やかに着飾った女性たちに拉致《らち》されてしまった。

予定時間の半分が過ぎた頃、ひと組のカップルが遅れて入ってきた。お腹も満たされ、壁の花どころか壁そのものになっていた碧人は、ふたりの動きを何気なく目で追っていた。

コートをクロークに預けた男性が、不意にこちらを振り向いた。

視線が合った瞬間、彼は驚いたように目を見開きこちらに向かってきた。

──おれのこと、知ってる……？

誰だろう。大学時代の知人ではない。会社の人間でもない。

けれどどこかで会ったことがあるような気がする。

「碧人だろ？　深森碧人。久しぶり。覚えてる？」

「えっと……ごめん」

「颯太《そうた》だよ。山岸《やまぎし》颯太」

「……颯太」

ゆっくりと、記憶が色づき始める。

「小三の時同じクラスだったじゃん」

――あっ……。

『先生には内緒だからな』

鮮やかに蘇った声に、碧人は声にならない声を上げた。

圧倒的リーダーだった少年には、有無を言わせぬ威圧感があった。彼が内緒と言えばそれがクラスの法律になった。彼が『ヘンな顔』と言えば、個人の認識に関係なくその写真は『ヘンな顔』として周知徹底される。誰も逆らえなかった。もちろん碧人も。

「久しぶりだなあ、何年ぶり？」

「十四年……くらいかな」

「碧人、なんかすげー格好よくなったな。最初わかんなかった」

「颯太こそ」

差し出された手を、笑顔で握り返す自分が不思議だった。

ヘンな顔、ヘンな顔、ヘンな顔。

何年も自分を苦しめてきた呪いの言葉が、頭の中を容赦なく駆け巡っているのに。

握手しながら颯太は、コートを預け終わった女性を呼んだ。

「こっちこっち、早く」

小柄で可愛らしい女性が小走りで向かってくる。

「初めまして。颯太のお友達？」

勝ち気そうな大きな瞳をくるくるさせ、小首を傾げる彼女を、颯太は「ばーか」と笑った。

「何が初めましてだ。碧人だよ、碧人」

「碧人？　えっ、もしかして深森くん？　深森碧人くん？」

「うん」

「花音《かのん》です。汐崎《しおざき》花音。忘れちゃった？」

名前を聞いてようやく思い出した。

颯太が花音のリコーダーを男子トイレに隠そうと言い出したのが、すべての始まりだった。彼女が泣くところを見たくなくて、碧人は颯太を、曰《いわ》く〝裏切った〟。

「思い出してくれた？」

「うん……久しぶりだね」

颯太に続き、花音とも握手を交わす。

「昔さあ、碧人くんは優しかったよねぇ」

「……え」

「ほら覚えてない？　颯太が私のリコーダーを男子トイレに隠したことあったじゃない。あの時、碧人くんが取ってきて、こそっとロッカーに戻してくれたんだよね」

「ど、どうしてそれを」

「俺が自白したんだ」

バツが悪そうに苦笑いしながら、颯太は鼻の頭を掻《か》いた。

「俺、ずっと花音にはバレていないと思ってたのに、こいつちゃんと知っててさ。首謀者は誰だって問いつめられて」

「当たり前よ。あの頃の颯太ってば、すんごい意地悪で最低だったもん」

「ひでえ」

「本当のことよ」

笑いながら花音が、颯太の腕にしがみついた。

えっ、と瞬きする碧人に花音が言った。

「私たちね、付き合ってるの」

ね？　と振られた颯太も、照れたように「ああ」と頷いた。

「実は春に結婚する予定なんだ」

ふたりは腕を絡めながら、通じ合った者たち特有の熱っぽいアイコンタクト取っている。

「そ、そうなんだ。おめでとう」

「ありがとう」

ユニゾンで答え、またふたりで微笑み合う。

「碧人は？　誰かと一緒？」

「ああ……うん。大学の先輩と」

碧人の視線に気づいた啓介が、まとわりつく女の子たちを振り切ってやってきた。

颯太と花音を小学校の同級生だと紹介すると、啓介は「すごい偶然だな」と驚いた。

「よかったじゃないか、碧人」

何も知らない啓介は、碧人の背中をぽんぽんと叩いた。

「そうだ、せっかく会ったんだから、三人で写真でも撮ってやろうか」

啓介の提案に、「いいね！」と花音が飛び跳ねた。

「撮ろう撮ろう。ね、フェイスブックにアップしていいかな。同級生結構見てるから」

「同窓会とかしてえな。なあ、碧人」

「あ……うん、そうだね」

「みんな元気にしてっかなあ」

盛り上がるふたりを前にして、碧人は心の奥が静かに凪《な》いでいくのを感じていた。

写真を撮られる。それもトラウマの原因となった颯太と一緒に。

ヘンな顔。ヘンな顔。ヘンな顔。

まるで昨日のことのようにその声は蘇るのに、ドキドキもしなければ胸が苦しくなることもなかった。冷や汗も出ない。

「そこのでっかいリースの下に並べよ。せっかくクリスマスだし」

「碧人くん真ん中ね」

啓介がスマートフォンを構える。

「碧人、笑って」

「あ、はい……」

「撮るぞ」

はいチーズ、でシャッターが押され、三人は無事写真に収まった。

カメラの前で笑顔を作る。ただそれだけのことだ。

心はいらない。ただ単に、唇の両端を上げればいいのだ。

そんな簡単なことに、なぜ長い間恐怖を覚えていたのか不思議なくらいだ。

何も感じなければいい。何も考えなければいい。

そうすればいつだって、どこでだって笑顔でいられる。両手でピースだってできる。

アドレスの交換をすませると、颯太たちは「また後で」と別の輪の中に入っていった。

「どうした、碧人」

口元にうっすらと微笑みを浮かべたままの碧人を、啓介が訝しげに覗き込んだ。

「なんか楽しそうだなーと思って」

「……え？」

「同級生に再会できて、嬉しかったんだろ」

——楽しそう？　嬉しい？

碧人はゆっくりと啓介を見上げた。

「おれ、楽しそうですか」

そんな質問をされるとは思っていなかったのだろう、啓介は戸惑ったように頷いた。

「だって、笑ってるじゃん」

せっかく誘ってくれた啓介に、昔の話をするつもりはなかった。

今夜の自分が楽しそうに見えているなら、それに越したことはない。

「楽しいです、とっても」

「そうか。よかった。碧人が元気になって俺、本当によかったと思ってる」

碧人はもう一度、きゅっと口角を上げた。

「今夜はほんと、誘ってくれてありがとうございました」

啓介が「ああ」と嬉しそうに目を細める。

「でも調子に乗ってちょっと飲み過ぎました。先に帰ってもいいですか」

「なら俺も一緒に出るよ。送っていく」

碧人は静かに首を振った。

「ひとりで大丈夫です。それにほら」

女の子たちが待っていますよと視線で促す。

彼女たちから見えないように、啓介は小さくため息をついた。

「本当に大丈夫か」

「はい。酔いを覚ましながらゆっくり帰ります」

「表まで送るよ」

「大丈夫ですって。啓介さん、たまにうちの母さんより心配性ですよね」

明るく答えると、啓介は肩を竦め「ちゃんとタクシー呼べよ」と笑った。

もう一度礼を告げ、それじゃと手を振ってフロアを後にした。

階段を駆け下りる。外扉が開いた瞬間、碧人は「あっ」と小さく声を上げた。

あたり一面、見渡す限り真っ白だった。

「雪……」

冷え込んできましたねと話しながら店に入った時には、まだ降っていなかった。ほんの二時間ほどの間に街はどこもかしこも白いキャンバスと化し、競うようにクリスマスのイルミネーションを反射させていた。

通りの向こう側に巨大なツリーが見える。

ブルー一色の幻想的なイルミネーションに、碧人は思わず呟いた。

「きれいだ……」

なぜだろう、とても静かだった。

道行く人の話し声も車の行き交う音も商店から漏れる音楽も、全部耳に届いているはずなのに、碧人にはまるでここが北欧の深い深い森の中のように感じられた。

雪はすべての音を遮り、吸収し、イブの雑踏に静寂を与えてくれる。

碧人は吸い寄せられるように信号を渡ると、大きなツリーの下で足を止めた。

どこで流しているのか、ホワイトクリスマスが聞こえてくる。口ずさみながら肩を寄せ合い、何組もの恋人たちが通り過ぎていった。

身体の距離は心の距離なのだという啓介の言葉を、今さらのように噛みしめる。

トラウマから逃れられず必死にもがいている間に、気づけばずいぶんと長い時間が経っていた。女の子に意地悪をしたイタズラ少年は、その女の子と恋人同士になり、春には結婚するのだという。今日の颯太からは、少なくとも当時のような威圧感は感じられなかった。もしかすると颯太はあの頃から花音が好きで、碧人が彼女を庇《かば》うようなことをしたのが面白くなかったのかもしれない。

余計なことをした上に、勝手に傷ついて、両親に心配をかけ、サンタクロースに励ましの手紙までもらって……。

バカみたいだ。

みんな大人《おとな》になった。そして〝今〟をちゃんと生きている。

自分だけがあの頃の傷つきやすい少年のまま、一歩も前に進めずにいたのだ。

サンタクロースの手紙に勇気をもらい、いくらか強くなったつもりでいたけれど、感謝を伝えに行ったフィンランドに、今度は一番大切なものを忘れてきてしまった。

――心、置いてきちゃった。

トラウマの元凶ともいえる颯太と再会したのに、碧人の胸は痛みもざわつきも覚えなかった。それどころか啓介の目には、楽しそうだと映った。

心がここにないから。何も感じないから。

痛みも苦しみも寂しさも、そして身体の芯が震えるような喜びや、愛おしい人を思う切なさも、想いを通じ合ったあの湖の畔《ほとり》に置き去りにしてきてしまったのだ。

「きれいだな……」

もう一度ツリーのてっぺんを見上げ、震える声で呟いた。そうしていないと自分と外界を繋ぐ感覚という感覚が、ずるずると根こそぎ抜け落ちていってしまいそうだった。

幼稚園に上がったばかりの頃、クリスマスツリーに願いごとを書いた短冊を下げ、両親に笑われたことがあった。七夕《たなばた》とごっちゃになっていたのだ。だからというわけではないが、碧人は今でもクリスマスツリーを見ると、つい願いごとを唱えてしまう。

今年は何を願おうか。欲しいものなんて何もないのに。

天まで届きそうなツリーの下で、祈るようにそっと目を閉じた。

どれくらいそうしていただろう、気づくと頭や肩に雪が積もっていた。微動だにしない碧人を、人々は避けるように歩いていく。思ったより長い時間佇《たたず》んでいたらしい。

時間が気になり、ポケットからスマホを取り出すと、ランプが点滅していた。サイレントモードにしていたから気づかなかったが、着信があったらしい。

母だろうか、啓介だろうか、バイト先の誰かだろうか。

かじかむ手でタップした碧人の目に飛び込んできたのは、思いも寄らない名前だった。

北川冴久。

碧人は息を呑み、反射的にその名から目を逸らした。

ドクドクドクと急激に鼓動が高まる。フィンランドに置いてきたはずの心がきゅんきゅんと音をたて軋んだ。すでに限界まで冷えた指先がさらに冷たくなるのを感じた。

用件はわかっている。エリーサとのことだ。

結婚が決まったのかもしれない。

寒さと興奮と恐怖がごちゃませになって、スマホを握る碧人の手をぶるぶると震わせた。

いよいよ終わらせる時が来たのだ。

惨めったらしいとわかっていても、断ち切ることができなかった冴久への未練を。

思えばあのひと月の間に、冴久からは数え切れないほどたくさんのものをもらった。ぶっきらぼうなのに不思議な温《ぬく》もりを感じる言葉、強引なくせにほんの少しだけ躊躇《ためら》う優しい腕、蕩けるような甘いキス――。

短い時間だったけれど、本当に本当に幸せだった。

だからこそいつまでも夢の世界にいてはいけない。

たくさんの幸せをもらったのに、何も返せないまま帰国してしまった。だからせめて今夜は、冴久の幸せをクリスマスツリーに願おう。

手を合わせようとして、碧人は頭を振った。いや、それじゃダメだ。きちんと声に出して「さよなら」を伝えなければ、またいつか気持ちが揺らいでしまう。

これが最後。最後の電話だ。

『碧人か』

最初のコールが終わらないうちに、懐かしい声が鼓膜に響いた。

――冴久さんの声……。

ぶわっと視界が滲《にじ》んだ。

鼓膜と涙腺《るいせん》が連動したかのように、一瞬のことだった。

「ご無沙汰していました」

泣いていることを気取《けど》られないように、静かに深呼吸をする。

お腹に手を当てて、へそに力を入れ、心の中で『勇気はここにある』と唱えた。

大丈夫、ちゃんと言える。

冴久の幸せを祈ることができる。

大好きだから。愛しているから。

「その節は大変お世話になりました。お元気でしたか」

『ああ。それより碧人』

冴久の口からは聞きたくない。だから被《かぶ》せるように話した。

「さっき電話、気づかなくてすみません。ちょっとクリスマスパーティーがあって」

『そんなことはどうでもいい』

どうでもいい。何気ない台詞が胸に刺さる。

帰国して半年、何も感じなかった心が不意に鋭い痛みを覚えた。

「おれの話とかどうでもいいですよね。すみません」

『そうじゃなくて碧人、お前今――』

「おめでとうございます、冴久さん」

――言った。

言えた。ちゃんと言えた。安堵したら、はらはらと涙が落ちた。

少し間があり、冴久はくぐもった声で『何が』と尋ねた。

「ご結婚なさるんですよね、エリーサさんと。本来ならお祝いに駆けつけるべきところなんですけど、ごめんなさい、行かれそうにありません。あんなにお世話になっておいて、恩知らずで申し訳ありません」

また少し間があった。

『ヒューゴから何を聞かされたか知らないが、俺はエリーサと結婚なんかしない』

「そうですか、すみません。まだ本決まりじゃないんですね」

『本決まりもクソも』

チッと苛《いら》ついたような舌打ちの後、長いため息が聞こえた。

『碧人、それがお前の本心なのか』

「……え」

『その節は世話になった、ありがとう、結婚するならどうぞお幸せに。それがお前の本当の気持ちなのか』

今度は碧人が間を置く番だった。

『俺のことが好きだと言ったよな。あれは全部嘘だったのか。伴侶候補にしてくれるって言ったのも、必ず戻ってくるって言ったのも、全部嘘だったのか？』

「違っ……」

『お前にとってあのひと月は、単なる旅先での思い出作りだったのか？　俺をからかっていただけだったのか？』

「違います」

手の震えは身体全体に伝わり、やがて碧人の心を奥底からぐらぐらと揺らした。

『エリーサと結婚とかおめでとうとか、要するにそういうことだろ』

「違います！」

大きな声に通りを歩く人たちが振り返った。

『ならどうして！』

「冴久さんが好きです！　今でもっ、好き……好きですっ」

涙と一緒に、堪えきれない言葉はぽろぽろと雪の上に零れて落ちた。

鼻を啜り激しくしゃくり上げる。泣いていることを隠すなんて、もう無理だった。

「好きですっ……好き、死ぬほどっ、大好き、です」

ひと言ひと言、心の底から絞り出すように告げた。

「結婚なっ、なんてっ、してほしくない……たとえ冴久さんがっ、おれのこともっ、好きじゃなくてもっ、いつかおれのことわっ、忘れてしまっても、おれは忘れません。だって……だって、忘れられるわけっ、ないじゃないですかっ！」

碧人は膝から崩れ落ち、人目も憚《はばか》らず号泣した。

こんなに好きなのに。こんなに会いたいのに。

「冴久さんにっ、会いたい……もう一回だけ、会えたらおれっ、死んでもいい」

こんなことを言うために電話したんじゃない。おめでとうと、自分のことは忘れて幸せになってほしいと、それだけを伝えるつもりだった。

けれど溢れ出した想いを、もう止めることはできなかった。

「会いたい……うっ……会いたい、です、冴久さんに……会いたいぃ！」

ツリーのてっぺんに向かって叫んだ。

しかし十秒待っても二十秒待っても、冴久は何も答えてくれない。

ほどなくスマホから、ツー、ツー、と通話が切れた音が聞こえた。

碧人は真っ白な雪の上にスマホを置き、崩れるように両手をついた。

涙はとめどなく溢れては落ち、真下の雪を溶かす。

言葉にしなければ、いつかは消えてなくなると思っていた。街を覆い尽くすこの雪のように、新しい季節が来れば、そこにあったことすら忘れ去ることができるだろうと。

でもそうではなかった。胸の奥底に押し込めた想いはこの半年の間、涙と悲しみを養分にして育ち続けていたのだ。

静かに流れるホワイトクリスマスに紛れて、誰かが走る足音が聞こえてくる。

ザッ、ザッ、ザッ。

ずいぶん急いでいるようだ。きっと恋人と約束でもしているのだろう。

ザッ、ザッ、ザザッ。

少しよろけたらしい。一秒でも早く会いたいんだね。

雪を蹴《け》るその音は、やがて荒い息遣いを伴って碧人の前で止まった。

靴先が視界に入った。ひと目で高級だとわかる黒い革靴は、ぴかぴかに磨き上げられているのに、残念ながらほぼ雪に埋もれている。ずいぶん慌てて走ってきたのだろう、ダークグレイのズボンの裾《すそ》にたくさんの雪がついていた。

はぁはぁと呼吸を整えながら、男がゆっくりとしゃがみ込む。

碧人も同じスピードでのろりと顔を上げた。

「冴久さん……?」

どうやら神さまというのは、本当に存在するらしい。

死んでもいいから会いたいと願ったから、こうして夢で会わせてくれたのだ。

上質な黒のハーフコートがよく似合っている。襟元《えりもと》にさらりと垂らしたバーガンディーのマフラーも。シャツ姿の冴久も格好よかったけれど、イブの冴久は一段と素敵だった。

「冴久さん……素敵です」

夢ならいくらでも言える。素直になり放題、告白し放題だ。

冴久にしか見えないその男は、手にしていた小さな紙袋から、何やら丸いパンのようなものを取り出し、無言のまま小さくちぎって碧人の口に入れた。

「クリスマスプレゼントだ」

「シナモン……ロール？」

「美味いか」

問いかけるその声も、やっぱり冴久そのものだ。

夢なのにちゃんと甘い。イブだからだろう、今夜の神さまは出血大サービスだ。

「美味しいです、とっても」

「焼きたてはもっと美味かったんだぞ。時間が経った上に、この寒さの中歩いてきたからすっかり硬くなっちまった。風味も何もあったもんじゃない」

「でも美味しいです……本当に美味しい」

「やっと満足のいく出来に仕上がったのに、試食係がいなくてまだ店に出せない」

恨みがましそうに言われて、碧人はきょとんと首を傾げた。

「試食係？」

「最初に試食させろと言ったのは誰だ」

「あ……」

今夜の夢はすごい。すっかり忘れていた約束を、夢の中の冴久が思い出させてくれた。

「美味しい……」

ぽろぽろと涙が落ちるのも構わず、碧人は夢中でシナモンロールにかぶりついた。

夢ならお願い、覚めないで。

このままずっと、神さま。

「冷たくても硬くても、これが世界一です。世界で一番美味しいです」

冴久がポケットからティッシュを出した。

「ちーん」

促されるままに碧人は鼻をかんだ。いつかの幸せな思い出を辿るように。

「お前はまったく、そんなところにまたアイシングつけて」

冴久の唇が斜め上から降りてきて、碧人の口の端にくっついたアイシングをそっと舐め取った。温かい舌先が、掠めるように触れた。

「ちゃんとキス……してください」

溢れてしまった想いも、夢なら言える。

「冴久さんが好きです。大好きだから……キスして」

「碧人……」

長い腕が伸びてきて、碧人の凍えた身体を力いっぱい抱き締めた。

呼吸が苦しい。

なのに苦しさと反比例するように身体の奥底に温かい何かが満ちていく。

碧人の背中を、頬を、愛おしそうに撫でる手のひらが、大きくて温かくて、もうこれ以上出るはずがないと思っていた涙が、ひと粒また零れ落ちた。

唇が重なる。冷たくて、甘くて、切ないキスだった。

夢なのに、間違いなく冴久の唇だとわかる。

どれほど自分が冴久を欲していたのか、碧人はあらためて知った。

短い触れ合いの余韻に浸っている間に、冴久は雪に濡れた碧人のコートを脱がし、手早く自分のコートを着せると、首が埋まるくらいぐるぐるとマフラーを巻きつけた。

「来い」

手首を取られ、碧人はしぱしぱと瞬きをした。

夢にしてはすべてがあまりにもリアルだ。

「えっと、あの……」

「言っておくけど夢じゃないぞ。よくよくお前は俺とのことを夢にしたいようだけど、そうはいかないからな」

「なんで？　どうして冴久さんがここに？」

これはまさか現実なのだろうか。

ようやく気づき始め、碧人は俄《にわか》に混乱する。

「ど、どうしておれがここにいるってわかったんですか」

「お前ん家《ち》に行ってきたから」

「え？　おれん家に？」

碧人は目を丸くする。

「あの時雑誌の取材を受けておいてよかった」

フィンランドから碧人を訪ねてきたという長身の男に、両親はたいそう驚いたそうだが、雑誌に掲載されていた人気レストランのシェフだと知った母は一転、大喜びした。そして息子が世話になった礼を何度も丁寧に告げると、親切にも今夜のパーティー会場を教えてくれたという。

「会場に着いた時にはパーティーは終わっていて、途方に暮れた。でも通りに出たらふとこの青いツリーが見えて」

冴久はさっき碧人がしたように、大きなツリーのてっぺんを見上げた。

「この下にお前がいるような気がした」

冴久は碧人の手をぎゅうっと強く握り締めた。

「これで夢じゃないってわかったか」

「はい、でも」

「行くぞ」

「え、あ、ちょっと、どこへ」

まだ半分夢の中にいる碧人の手を引き、冴久は積もった雪の上をざくざくと強引に歩き始めた。

タクシーに乗せられ、着いたところは都内でもわりと名のあるホテルの上層階だった。これほど高そうな部屋は初めてで、碧人はきょろきょろとあからさまに挙動不審になった。

「成田に着いてすぐ、ダメ元で予約状況を聞いてみたら、ちょうど一室キャンセルが入ったところだと言われた。運がよかった」

まずは身体を温めてこいと言われ、碧人は冴久が湯を張ってくれた風呂《ふろ》に浸かった。

凍りついていた思考が、ゆっくりと解凍されていく。

夢でないのだとしたら、聞かなければならないことが山ほどある。

何から尋ねればいいのだろう。ぐるぐるととりとめもなく考えながら髪を乾かし、答えの出ないまま部屋に戻る。

冴久はL字型のソファーに腰を下ろし、長すぎる足を無造作に組んで窓の外の雪景色を眺めていた。

思わずぽーっと見つめていると、冴久が振り向いた。

「なんだぼけーっとして。また夢の世界に行っちまったんじゃないだろうな」

碧人はふるふると頭を振った。

「お先しました。お風呂どうぞ」

「俺は後でいい」

冴久は「座れ」というように、自分の隣を軽く叩いた。

「それでは、失礼して」

高級マンションの広告でしか見たことのないような大きなソファーの端っこに、ちんまりと尻《しり》を預けると、冴久がぷっと噴き出した。

「相変わらず碧人だな」

「え？」

「もっとこっちに来いよ」

「あ……はい。それでは」

つつつ、と冴久の真横に移動する。ぴったりくっつくのも恥ずかしくて、申し訳程度に空けた五センチの隙間を、冴久はあっさり埋めてしまった。

膝が触れ合う。冴久は碧人の肩を抱くと、まだ湿り気の残る髪にキスをした。

「ひとつ、聞いてもいいか」

「……はい」

「再就職は決まったのか」

冴久の胸に頬を預けたまま、碧人は首を横に振った。

「でも日本で働きたいんだよな」

「それは……」

「だからヘルシンキに戻ってこなかったんじゃないのか」

碧人は激しく首を振った。

「おれ、冴久さんがエリーサさんと結婚するんだとばかり……」

この期に及んで嘘をついたり、言い訳をしたりするつもりはなかった。

もう失いたくない。どんなことがあっても冴久と離れたくない。

碧人はこの半年のことを、思い出すままにぽつりぽつりと話した。

啓介から母が検診で引っかかったことを聞かされ、動転して翌日帰国したこと。幸い再検査の結果は陰性だったこと。ヒューゴから『冴久とエリーサが上手くいっているらしい』と聞かされたこと。折しも啓介から『身体の距離は心の距離』と言われ、もしかしたら冴久もそうなのだろうかと考え、ひどく落ち込んでしまったこと。そして先日雑誌に掲載された記事で、エリーサが『シニネン』で働いていることを知り、冴久のために自分がしてやれるのは、ふたりの未来を祝ってやることだと思ったこと——。

黙って聞いていた冴久は、碧人が話し終わると、深く大きなため息をひとつついた。

吐息が耳朶を掠め、背中がぞくりとした。

「お母さん、大事に至らなくてよかったな」

「はい」

「俺に心配かけないように、黙っていたのか」

「すみませんでした」

バカだな謝るなと、冴久は髪を撫でてくれた。

「しかし……俺とエリーサの未来って、一体なんなんだそれは」

眉間《みけん》を指で押さえ、冴久はもう一度、今度はハッと尖ったため息をついた。

「ヒューゴから何を聞いたのか知らないが、俺は最初からエリーサとどうこうなる気はないと言ったはずだ。一度デートの真似《まね》ごとをすればタニヤの気もすむでしょうとヒューゴに説得されて、あの日仕方なく食事をしたんだ。帰国前にちゃんと言ったよな？」

「でもその後エリーサさん、店を手伝いに」

「雑誌の取材が来ることを、すっかり忘れてたんだ」

取材嫌いで有名だった冴久だが、碧人が手伝うようになって間もなく、珍しく気が向いて一件だけ受けることにしてしまったのだという。

「最悪なことにお前がいなくなった数日後に取材が来た。俺は体調が悪くて」

突然啓介が迎えに来て、翌日には帰国してしまった。新しいアルバイトはすぐには見つからなかったのだろう。

「おれのせいですね……すみません」

「まったくだ。精神的に参って体調崩したのなんて、生まれて初めてだった」

冴久がそれほど参っていたなんて、思いもしなかった。

「それでエリーサさんに手伝いを？」

「他に頼めるあてがなかったからな。三、四日手伝ってもらった。でもそれだけだ」

エリーサはタニヤに『デートって思ったより楽しいものね。次は別の男の人とどこか旅行にでも出かけようかしら』と初デートの感想を述べた。冴久とどうにかならなくても、色気の欠片もなかった娘が異性と触れ合う楽しさに目覚めてくれたことで、タニヤは上機嫌だったという。

「でも、だったらどうして――」

一度も連絡をくれなかったんですか。

呑み込んだ言葉はしかし、冴久の心に伝わった。

「お前だからだよ」

「おれだから？」

「俺は親を大事にしない人間が嫌いだ。両親に心配かけたまま、中途半端な状態で店の手伝いを続けることは、お前にはできないだろうと思っていた。いずれ一度帰国することになるんだろうなと。だから断腸の思いで一度帰したんだ」

冴久は苦い薬でも飲まされたように、眉根を寄せた。

「慌てて帰ってくることないなんて言って送り出したことを、すぐに後悔した。あんなに格好つけたんだから、催促なんかできないだろ。頭ではわかっていたんだ。お前は悪くない。

帰国は当然のことだ。けど、お前のいなくなった後に空いた心の穴は、思ったよりずっと大きくて……」

冴久は胸に抱えた碧人の頭を、ぎゅうっと強く抱き締めた。

応えるように碧人は、冴久のセーターの裾を握る。

「絶対に帰ってくる。約束したんだから。必死に自分に言い聞かせていたのに」

ヒューゴから碧人が日本で就職活動をしていると聞かされ、耳を疑ったという。

「そもそも電話する相手がなんで俺じゃなくてヒューゴなんだよ。なんで就活なんかしてんだよ。もしかしてもうこっちに戻ってくるつもりはないんじゃないか？　そんなことぐるぐる考えて目の前が真っ暗になった。まさか今頃栗原くんと……なんて想像して、そんな自分に嫌気がさした」

冴久のセーターに額を押し当てるように、碧人は激しく首を振った。

「そんなわけないです。おれが好きなのは冴久さんだけなのに」

「その言葉、そっくりそのまま返す。俺が好きなのも碧人、お前だけだ」

「冴久さん……」

「ようやく納得のいくシナモンロールが完成した時、お前の顔が浮かんだ。クソとバカが一緒につくほど真面目で、なのに時々犬コロみたいにくしゃっと笑うんだ。ろくに泳げもしないくせに湖に飛び込んで人の心臓を止めようとしたり、ガキみたいに鼻水垂らして泣いたり……どんな時もお前は俺を和ませてくれた。お前に味見してもらえないなら、この半年の試行錯誤はなんだったんだろうと思った。自分がどれほどお前を欲しているのか……嫌ってほど思い知った」

クリスマスに店を閉めることに躊躇いはなかったという。冴久は焼き上がったばかりのシナモンロールをバッグにつめると、一路日本へと飛び立った。

「碧人」

「……はい」

「俺もクリスマスプレゼントが欲しいんだけど」

思いがけないおねだりに、碧人は戸惑った。

「えっと、何がいいでしょう。今日はちょっと無理ですけど、明日なら」

「今夜がいい。今夜でなくちゃ嫌だ」

冴久は駄々っ子のようなことを言いながら、テーブルに置かれたシナモンロールの袋を手に取った。そしてそこに貼られている〝メリークリスマス〟と書かれたシールを剝がすと、あろうことか碧人の額にペタンと貼りつけた。

「これが俺の、ただひとつ欲しいものだ。他には何もいらない」

「冴久さん……」

「くれるだろ？」

それ以上言葉はいらなかった。

どちらからともなく口付けながら、広いソファーに倒れ込んだ。

貪るようなキスだった。薄く開いた歯列の間からねじ込まれた熱い舌は、初めから明らかな意図を持って碧人を翻弄した。

上顎の奥に、身体と直結した部分があることを、碧人は初めて教えられた。

部屋に備えつけられていたパジャマは、碧人には少々大きすぎて、きちんとボタンを嵌《は》めていても胸元が大きく開いてしまう。浮き出た鎖骨を噛むように吸われ、碧人はびくりと身体を竦ませた。

「はっ……ぁ」

らしくない性急な手つきで、冴久がボタンを外していく。

露《あらわ》になった素肌にはごつごつと肋骨《ろっこつ》が浮き出している。ただでさえ薄かった腹部の肉も削ぎ落としたようになくなっていて、目にした冴久は一瞬小さく眉を顰《ひそ》めた。

「すみません」

「何が」

「抱き心地、よくないと思います」

消え入りそうな声で言うと、冴久は「バカだな」と囁き、包み込むように碧人の痩せた身体を抱き締めた。

「気持ちいいよ」

「……え」

「この手でまたお前を抱けるなんて、夢みたいだ」

「冴久さん……」

「俺はお前じゃないから、夢と現実の区別くらいはつくけどな。つまらないこと考えてないで、俺の愛に酔いしれてろ」

憎らしいことをさらりと言いながら、冴久は碧人の胸の突起に口付けた。

「んっ……」

吸い上げながら舌先で転がすように弄ばれ、そこはすぐにきゅっと硬くなった。

「やっ……ん」

ツンと尖ったそれを、冴久が甘噛みする。もう片方を指先でくりくりとこね回され、碧人は堪らず顎を反らせた。

二の腕、脇、へそ、下腹と、冴久の唇が下りていく。キスされた場所から順に冴久のものになっていくような気がして、泣きたいほどの喜びがこみ上げてきた。

強く、弱く、優しく、乱暴に、まるでこの半年間の思いを語るような愛撫に、碧人の身体は呼応していく。

「ベッドに行こうか」

大好きな声で囁かれ、碧人はこくんと頷いた。

立ち上がろうとしたが、身体の芯はすでにふにゃふにゃで上手く立ち上がれない。そんな碧人を冴久は軽々と抱き上げ、ベッドへと運んだ。

冴久が身につけていたものを手早く脱ぎ捨てる。その身体は、あの日コテージで見た時と同じしなやかな筋肉に覆われていた。均整の取れた肉体からは相変わらず男のフェロモンがダダ漏れになっていて、直視するのを躊躇ってしまう。

冴久が裸になったのだから、自分も脱いだ方がいいだろう。パジャマのウエストにおずおずと手をかけると、なぜか「待て」と止められた。

「楽しみを奪うな」

「……へ？」

「腰、上げて」

どうやら自分の手で脱がせたかったらしい。

碧人が軽く腰を浮かせると、冴久はパジャマとトランクスをほんの少し下にずらし、情けないくらい浮き出た腰骨を舌でなぞった。

「あぁぁ……んっ」

ぬるりとした感触に思わず背を反らすと、冴久はまた少しトランクスを下げる。するとすっかり勃ち上がった中心がゴムをくぐり抜け、半分だけ顔を出してしまった。

「や、だっ」

この半端感はあまりに忍びない。いっそひと思いに脱がされた方が恥ずかしさは半分だろうに。すでに少しだけ濡れてきているピンクの先端をじっと見つめられ、碧人は顔を真っ赤《か》にした。

「さ、冴久さん、あの」

「先っぽ、きれいな色」

「で、できれば全部、脱がせていただけると」

「嫌だ」

「で、でも、これはちょっと恥ずかー―」

「ダーメ」

今夜だけは好きにさせてくれとばかりに、冴久は碧人の先端の敏感な割れ目にぬるぬると指の腹を擦りつけた。

「あっ、ああっ」

「ここされるの好きだろ。だから最初はここだけ」

「そんな……あっ、ダメですっ」

「溢れてきた」

冴久は透明な体液を指で掬《すく》うと、料理の味見でもするようにぺろりと舐め、不敵に笑ってみせた。ざあーっと全身を羞恥が駆け抜ける。

ヒューゴではないが、何かを口にする時の冴久は規格外にエロい。特に今夜の表情は、視線を合わせるのも躊躇われるほどセクシーで、経験の浅い碧人はべそをかきながら冴久の手管に煽られていく。

「や、嫌、ですっ」

強すぎる刺激にべっとりと濡れそぼった先端を、冴久はその口内に含んだ。

「どうして」

「汚い、から」

「今風呂に入っただろ」

「で、でもっ、ダメです」

「可愛いよ。碧人の半べそ」

碧人の懇願に耳を貸すつもりはないらしく、冴久はトランクスのウエストから猛った碧人を完全に引っ張り出すと、根元まですっかり口に含んだ。

「いっ……あっ、ああっ、冴久さん……」

冴久の口の中に自分のあれが入っている。想像しただけで碧人の脳はパンクしそうだった。唇で幹を扱かれながら、先端を舌先でちろちろと弄ばれる。

碧人はあっという間に、限界に達した。

「さ、冴久さん、あ、あっ、ん……」

「どうした」

わかっているくせに。

割れ目に舌先をぐっと挿し込まれ、碧人は「ひっ」と息をつめた。

「ダッ、ダメ、ダメですっ、冴久さん、あっ、もうっ」

「大丈夫。とっくに〝お気づき〟だ」

「えっ？」

「あの時のお前、本当に食っちまいたいくらい可愛くて……何度も思い出して抜いた」

朦朧とした頭で、コテージでの会話を持ち出されたのだと気づいた。

「で、出ちゃ、出ちゃいますっ……ああ、あっ」

「出していいよ」

「やっ、ひっ、あぁっ！」

挿し込んだまま、舌をぐりぐりと動かされ、碧人は決壊した。

びくびくと腰が戦慄《わなな》く。

シーツを強く握り締めていないと、どこかに落ちていってしまいそうだった。

吐精の余韻が冷めないまま見下ろすと、口に何かを含んだままの冴久が見えた。

「さ、冴久さんっ、申し訳ありません！」

我慢できず、冴久の口の中に出してしまった。

「は、早く吐き出してください」

冴久は黙って首を振った。

そして碧人の目の前でごくりと喉を鳴らし、口の中のものを飲み干した。

「な、なんてことを……」

目を瞠《みは》る碧人に、冴久はニヤリと笑い、唇の端についた白い体液を舌でぺろりと搦《から》め捕った。その壮絶な色気に、碧人は軽く目眩を覚えた。

「これくらいで目を白黒させているようじゃ、これから何回気絶することになるかわからないぞ、碧人」

「気絶って……」

エロス全開の表情で、恐ろしいことを言う。

「この半年、俺が頭ん中でお前にしたあんなことやこんなこと、全部教えようか」

「聞きたいような、聞きたくないような」

少し収まってきた鼓動が、ふたたびせわしく走り出す。

「まず」

冴久は碧人を俯《うつぶ》せにした。腹の下に素早く枕が入れられる。

「お前のここ、思う存分観察して」

誰にも見せたことのない狭間に、冴久の顔が近づいてくる。壊れ物にでも触れるような柔らかい手つきで双丘を撫で回され、意図せず「あ……」と声が漏れた。

「それからキスをいっぱいして」

そう言って冴久は、腰のあたりを両手で押さえると、太股の内側や、以前怪我《けが》をした双丘との境目あたりに、幾度も幾度も口付けた。

「ここにも」

「あ、そこはっ」

狭間の中心にある窄《すぼ》まりの周囲を舌先で擽《くすぐ》られ、碧人はさすがに腰を引いた。

「想像の中でお前はいつも、恥ずかしがってダメだって言うんだ。だけど俺は逃げることを許さない」

冴久は碧人の恥ずかしい襞に、ふーっと息を吹きかけた。

「あ、やっ……ん」

激しい羞恥に襲われながら、身体はまた反応しようとしているから信じられない。

「こんなこともしたり」

碧人の反応を楽しむように、冴久は窄まりにねっとりと舌を這わせた。

「やっ、そこは、ダメ、ですっ」

「ほら、やっぱりダメって言った」

嬉しそうに冴久が囁く。

「だけど嫌って言いながら碧人、すごく感じてくれて」

冴久はとうとう碧人の秘孔に、ぬるりと舌先を挿し込んだ。

「あっ、冴久さんダ、ダメェ……」

「舌と指でぬるぬるされて、イッちゃって、でもまたすぐに欲しがって、俺ので中をぐちゃぐちゃに掻き回されて」

「やぁぁ……ん、ふ」

「泣きそうな声で何度も俺の名前を呼ぶんだ。冴久さん、冴久さん、感じる、またイッちゃうよって」

想像の話なのに、まるで本当にされているように感じてしまう。

唇も、舌も、掠める前髪も、卑猥な言葉や淡くかかる吐息でさえ、冴久に触れられているというだけで、碧人にとってはすべてが愛撫だった。

コテージでは戸惑いと恐怖が先に立っていた。けれど今夜は待ちきれないと感じている。それほどに、碧人も冴久を欲していた。

冴久はまるで「今から〝俺の〟でこうするんだぞ」と宣言するように、狭い入り口に舌を抜き差しした。ぬめぬめと舌が通過する感覚に、碧人は背中を反らせてシーツを握った。

「あ……ぃぁ……」

「感じてる声、可愛い。想像の中の碧人よりずっと可愛い」

さらに深く挿し込まれ、悲鳴に近い声が上がった。

「ヒッ、あっ、あっ」

これ以上されたら、高まっていくものに歯止めをかけるのが困難になりそうだった。

「それから——」

「もっ、言わないでっ」

おそるおそる肩越しに振り返ると、そこにいたのは今までで一番色っぽく、けれど一番優しい表情をした冴久だった。

「聞きたくない？」

「だ、だって」

冴久は碧人を仰向けにすると、「顔、見ながらしようか」と額にキスをくれた。ふわりと覆い被さるように抱き締められ、碧人は下腹に冴久を感じた。

——熱い。

優しい声とは裏腹に雄々しく猛った冴久は、一刻の猶予もないほど硬く熱くなって碧人を求めていた。

欲しいと思った。想像の中の自分のように、冴久の熱で奥まで掻き回され、愛しい名前を呼びながら果てたい。

「こんなに誰かを愛おしいと思ったの、初めてなんだ」

ふたたび芯を持ち始めた碧人の中心に、冴久は自身の熱を擦りつけた。碧人の零した体液が潤滑油になり、ぬちぬちと卑猥な音が響く。

「みんな俺のことエロいとかなんとか言うけど、俺の何を知ってるんだ、何も知らないくせにって、ずっと思ってた。でも間違っていなかったのかもしれない。碧人相手だと、とんでもなくエロいことしたくなる。歯止めが利かなくなりそうで、少し怖い」

困ったように眉を下げる冴久に、碧人は首を振った。

「歯止めなんていらない。だって、おれも同じですから」

「え……」

「おれも想像していました。冴久さんに抱かれて、いやらしいことといっぱいされて、泣きながら冴久さんの名前を呼ぶところ、何度も想像しました」

「碧人……」

「あの時コテージで、どうして怖いなんて言っちゃったんだろうって、ずっと後悔していました。だから今夜はちゃんとしてください。冴久さんが想像の中でおれにしたこと、ひとつ残らず全部してください」

「暴走するかも」

「してください、いくらでも」

潤んだ瞳で見下ろす冴久に、碧人は初めて自分から口付けた。

己《おのれ》の性指向に気づいた頃からずっと、自分は一生誰ともセックスをすることはないだろうと思っていた。構造上そうなるようにはできていない場所に挿入されることには、想像の及ばない恐怖があった。

けれど今夜、碧人はそれが間違いだったと知った。特別な人と深く繋がる行為は、痛みや羞恥を軽く凌駕《りょうが》する、とてつもない幸福感を与えてくれるものだった。

自分の膝の裏を持たされ、すべてを冴久の前に晒《さら》し、指と舌で奥まで馴らされる。途中、堪えきれなくなった碧人は軽く達してしまった。粗相をしてしまった子供のように泣きべそをかくと、冴久は「何回でもイかせてやるから」と優しいキスをくれた。

労《いたわ》るようにゆっくり入ってくる冴久に「早く」とねだったのは碧人だ。指で教えられた気持ちのいい場所を、早く冴久で擦ってほしくて、自分から腰を揺らし冴久を煽った。

「あ、あっ……んっ」

「おい、そんなに動かなくていい」

「だって、勝手に、動いちゃうっ、だもんっ、……ん、ふあぁ」

「お前……」

「来て、くださいっ、奥まで……早く、全部欲しい」

とろんと少し舌足らずな声が、自分の声じゃないみたいに聞こえる。冴久は小さく舌打ちすると、「知らねえからな」と深いため息をついた。

ぐん、と冴久が深く侵入する。熱くて大きくて、切ないのに気持ちいい。

「んっ、や……ぁぁ……」

「ここだろ？　碧人のいいところ」

「や、やぁ、そこ、あ……っん」

一番いい場所に冴久が押しつけられる。強く抉るように何度もしつこく擦られ、碧人は激しく身悶《みもだ》えた。

「そこ、ああっ、冴久、さんっ……」

「またべとべとになってるよ、碧人」

萎《な》えたはずの中心は、冴久の手のひらの中でどんどん力を取り戻していく。

「碧人、えっちだな」

「ご、ごめっ、なさい」

バカ、とまたひとつキスが落ちる。

「もっともっとすごくえっちになれよ。その方が俺は嬉しい」

「ほんと……ですか？」

ああと頷きながら、冴久は少し苦しげに吐息を漏らした。

「冴久さんも、気持ちいい、ですか？」

喘ぎながら尋ねる。

「ああ。すげーいい。碧人の中にいるんだと思うと、泣けそう」

「冴久さん……」

嬉しくて、幸せで、眦《まなじり》を涙が伝う。

「好きです。冴久さんが好き。大好き」

「俺もだよ、碧人。愛してる」

「冴久さん……あっ、んっ、ああ、あっ」

呼吸を乱し、壮絶な色気を放ちながら、冴久が引き締まった腰を打ちつける。

「あっ、んっ、あぁっ」

もう言葉を紡ぐことは難しそうだ。

凶暴で優しい熱に穿《うが》たれるまま、碧人は頂に近づいていく。

「冴久さっ……ああっ」

「一緒に、イこう、っか」

「あっ、もう、ああっ、ダ、メッ……」

頷くことすらできないまま、昇りつめていく。

冴久の動きが速まる。ふたりの呼吸も。

「冴久、さっ、あっ……イ、くっ……んんっ！」

——蕩ける……。

白濁を放ちながら、碧人は感じた。

冴久にかき混ぜられて、身体も心も蕩けてしまったのだと。

それでもいいと思った。どろどろに溶けて、冴久と混じり合って、もう一度生まれ変わるのだ。もう二度と、離れるなんて考えない自分に。冴久を支えられる自分に。

「碧、人……っ！」

最奥に、ドクドクと冴久が注がれるのを感じた。

これでやっとひとつになれた。

折れるほど抱き締められながら、碧人はひと時意識を手放した。

明け方目を覚ますと、傍らで冴久が見つめていた。

「冴久さん……起きてたんですか」

「嬉しすぎて眠れない」

あれからもう一度繋がり、一緒にシャワーを浴びようと入ったバスルームでまた繋がり、いい加減ふらふらになって落ちるように眠ってしまったのは、碧人だけだったらしい。

「まだしたりないくらいだ」

冗談にもならないことを言う恋人の胸で、碧人はふふっと笑った。

大好きな逞しい腕の中にいることが、これほどまでに幸せだとは知らなかった。

「『シニネン』って、お父さんのレストランの名前だったんですね」

ずっと聞きたいと思っていた。

「ああ。親父が死んで、店舗も土地も仕方なく手放した。そしたら翌年、不審火で焼けちまって……母さんも俺もすごく後悔したよ」

「……そうだったですか」

それで不自然な更地になっていたのだ。当時の冴久の気持ちを思い、碧人は目の前の厚い胸板をそっと撫でた。

東京で生まれた冴久が、母親とふたりでフィンランドへ渡ったのは八歳の時だった。実の父親は冴久が幼い頃に亡くなった。ヘルシンキで母子を迎え入れてくれたのは、学生時代日本に留学していた、母の同級生だった。

湖の畔で小さなレストランを営んでいた彼は、ひとり息子を育てながら絵本作家を目指していた彼女に、自然に囲まれた仕事場と美味しい料理と、溢れんばかりの愛を与えてくれた。もちろんその愛は息子の冴久にも大いに注がれた。籍こそ入れなかったが三人はいつも寄り添い、目の前に広がる湖のように穏やかに暮らしたという。

「あのコテージは、俺たち家族が住んでいた家だったんだ。俺が今の場所に店を出したのと同じ頃、母さんは帰国を決めた。絵本作家として名が知れてきて、日本の出版社との仕事が多くなってきたんだ」

それでも年に二、三度は墓参りを兼ねて『シニネン』を訪れ、息子の料理を堪能するのだという。夏至祭の日、コテージにしてはずいぶん間取りが広いと感じたが、自宅だったと聞き納得した。

「親父はあの湖の碧に惚《ほ》れて、店の名前を『シニネン』にしたと言っていた。けどアパートメントの一階じゃ湖は見られないからな」

「壁を碧く塗ったんですね」

ああ、と頷き、冴久は碧人の髪を撫でた。

「せっかく日本に来たのに、お母さんに会わなくていいんですか」

「もう会ったよ」

意外すぎる返答に、碧人は「え？」と顔を上げた。

「空港に来てもらったんだ。これを、持ってきてほしくて」

冴久はベッドからするりと抜け出し、バッグの中から封筒のようなものを取り出した。

「貸すだけよ、汚さないで大事にしてよって、しつこく言われた」

苦笑しながら冴久が見せてくれたのは——。

「これはっ」

碧人はひゅっと息を呑み、ベッドの上で跳ね起きた。

「おれがサンタさんに書いた手紙……」

ああ、と頷き冴久はベッドの端に腰を下ろした。

「これを、空港でお母さんから？」

「お前ん家の住所を知りたかったんだ」

冴久が封筒を裏返すと、当たり前だがそこには深森家の住所がしっかりと記されていた。

「引っ越してたらアウトだと思ったけど」

クリスマスに店を閉め、そこまでして駆けつけてくれたのだと思ったら、今さらのように胸がじんとした。

「というかこれは可愛すぎるだろ。はいけいサンタクロース様。初めまして。ぼくは日本人で、名前は深森碧人といいます——」

「うわあ、よ、読まないでください！」

ベッドで小学生の頃の下手くそな文章を読み上げられるのは、あまりにいたたまれない。

あわあわと手紙を引ったくる碧人に、冴久は「残念でした」と意地悪く口角を上げた。

「成田《なりた》からの電車の中で百回読んだから、全文頭に入ってる」

「そんなあ」

「可愛すぎてやばかった。なんのゲームが欲しかったんだ？」

「からかわないでください」

真っ赤になって俯く碧人を、冴久は背中からふわりと抱き締めた。

「もしもさ、昨夜《ゆうべ》お前が幸せそうにしていたら、会わずに帰ろうと思ったんだ」

思いがけない告白に、碧人は俯けていた顔を上げた。

「お前が俺とのこと全部、旅先での思い出にして、日本で本来の生活を楽しんでいるんならもう会わない方がいい。お前の歩こうとする道を邪魔しない方がいい。そう思った」

「冴久さん……」

「思おうとした。必死にな。けど無理だった。ペン習字かよってくらい几帳《きちょうめん》面な字でさ、何回も消して書き直した跡があって……ランドセル背負ったお前がリアルに浮かんだ。生真面目で不器用で、でも一生懸命で前向きで。ちっこくてもお前はお前だったんだなって思ったら……堪らなかった」

抱き締める腕に力が込められる。碧人は冴久の手に、自分の手を重ねた。

十四年前、碧人が落としたサンタクロース宛の手紙を拾った夫妻は、ふたりで協力し、フィンランド語と日本語の両方で返事を書こうということになった。母はちょうど高校から帰宅したばかりのひとり息子を呼んだ。

『自分に自信をなくしちゃった子供がいるの。とても傷ついて、必死にもがいているみたいなの。自分の思っていることをちゃんと話せる勇気が欲しいって言うんだけど、ねえ冴久、あなたならどんな言葉で励ます?』

『そんなの母さんが一番よく知ってるじゃない』

テーブルにあった父の新作パンを味見しながら、冴久は笑った。

『こっちに来たばっかりの頃、俺が気に入ってた絵本、覚えてる？』

『ええ。母さんが最初に描いた本でしょ』

『あの神さまの台詞、そのまま書いてあげればいいよ』

息子の言葉に、両親は顔を見合わせて微笑んだという。

「勇気というのは誰かにもらうものじゃない。いつだってきみの心の中にあるんだ。その勇気に気づかないうちはいつまで経っても弱虫のままだよ——」

「暗記してるんですね」

「ぼろぼろになるくらい読んだからな」

辛かったこと、悲しかったこと、当時のことを冴久は何も語らない。けれど碧人にはわかる。勇気はここにあるのだとへそに手を当てる時の、心の震え。押し潰されそうな不安の中で、支えてくれる言葉があったことが、どれほど心強かったかわからない。

「もう一通の手紙は、親父と一緒に荼毘《だび》に付《ふ》した」

「届いていたんですか？」

碧人は驚きに目を見張った。

「ああ。ポストに入っていたのに母さんが気づいて、病床の父さんに読み聞かせそうだ。意識はもうほとんどなかったんだけど、すごく喜んでいたって」

その三日後、シェフは亡くなったという。

「苦しいばかりの闘病生活の中で、久しぶりに笑顔になってくれたって、母さん言ってた。きっと天国で毎日読んでるだろう。ありがとうな、碧人」

碧人は静かに首を振る。鼻の奥がツンとした。

「おれのサンタさんは、三人いたんですね。冴久さんのご両親と、冴久さんと」

「入れてもらえて光栄だ」

冴久が耳元でクスッと笑った。どちらからともなくキスを交わす。

「おれ、できるだけ早くヘルシンキに戻ります。できれば冴久さんと同じ便で」

さわさわと碧人の素肌を撫でていた冴久の手が止まった。

「それは嬉しいけど……ご両親はいいのか」

「それはもちろん、俺がいた方がふたりとも喜ぶとは思いますけど」

あの日ワインを飲みながら、父は碧人に『無理をしていないか』と聞いた。きっとわかっていたのだ。碧人の心がいっぱいいっぱいだったことを。あと一滴でも垂らしたらすべてが溢れ出してしまうような、ギリギリの精神状態だったことを。

「おれが幸せでないと、意味ないんですよね」

日々元気をなくしていく様子を、両親がどれほど心配していたか碧人は知っている。離れていても息子が元気で幸せならそれでいい。父も母もそう思ってくれるに違いない。

「実は」

冴久は少し照れたように、小声で囁いた。

「もう取ってあるんだ。お前の分のチケット」

「え？」

「お前に拒絶されたら、その時は捨てるつもりだった。明後日《あさって》の便だ」

「でもおれ、冴久さんのお母さんにお礼を言わないと」

「年が明けてすぐにヘルシンキに来るそうだから、店で会えるよ。まあもう少しこっちにいてもいいんだけど……迫ってるからな」

「迫っている？」

きょとんと首を傾げる碧人に、冴久は神妙な面持《おもも》ちで言った。

「あと五日なんだ。スルメの賞味期限」

「スルメ？　――あっ」

唐突に思い出した。

あの時は急で、大量のお土産を冴久のアパートに置いたまま帰国してしまったのだ。

「帰ったら食べような。七味とマヨネーズ、用意してあるから」

「はい」

クスクスと笑い合いながら、静かに横たわった。

「ヒューゴさんも呼びましょう」

冴久はうーんと少し迷い、「仕方ないから呼ぶか」と笑った。

碧人との関係を告白した時、ヒューゴは激怒したという。どうしてちゃんと話してくれなかったんですか。打ち明けてくれていたら、アオトにエリーサの話などしませんでした、サクの秘密主義のせいでアオトを傷つけてしまったじゃありませんか、と。

えらい剣幕だったと、冴久は肩を竦めた。

「お前に早く会いたいと言っていた」

「おれも、ヒューゴさんに会いたいです」

「スルメで乾杯しよう」

「ですね」

キスは次第に深まり、冴久の手は碧人の細い腰をまさぐる。

「スルメの他には何が食べたい？　お前が食べたいもの、なんでも作ってやる」

あまりに痩せてしまった碧人に、やはり冴久は心痛めていたのだろう。

「冴久さんの作るものならなんでもいいです」

「最初は？」

「最初は……そうですね、サーモンのクリームスープかな」

初めて泊めてもらった翌朝、冴久が用意してくれた朝食だ。

「フレンチトーストも添えてやる」

「ジャムはクラウドベリーでお願いします」

夜と同じ手つきで双丘をさわさわと撫でられ、碧人は「んっ……」と湿った吐息を漏らす。

「それから？」

「それから……ラーティッコが食べたいです。ケチャップいっぱいかけて」

「ベリーのシーデリも用意しなくちゃな」

さんざん弄ばれた深い場所に、冴久の指先が届く。

「やっ……ん」

窓の外は明るくなり始めているのに、身体はいとも簡単に昨夜に逆戻りしていく。

「あとは？」

「あんず茸のミルクリゾット……あっ、そこ、やっ」

嫌と言ったのに、冴久は碧人の中にくぷりと指を埋めた。

「んっ……は、ぁ……」

「いっぱい作ってやるよ。お前の食べたいもの、なんでも作ってやる」

囁きながら冴久は耳朶を甘噛みする。

「俺なしじゃいられないようにしてやる」

「もっ……もう、なってる、からっ」

中でぬるぬると指を動かされ、スイッチが入ってしまった。

「あ……ぁ……ん」

「朝からエロい声」

そういう冴久の声の方がよほどエロい。言い返してやりたいけれど、すっかり勃ち上がってしまった中心を握られ、喘ぐしかなかった。

冴久が入ってくる。貫かれる喜びに、碧人の先端は濡れた。

「冴久さん……冴久、さん……」

縋りながら名を呼ぶ。ぐっと強く突き上げられて、目蓋の裏が白んだ。

「碧人……いい？」

「すごく……いい、です」

「こっちは？」

角度を変えて抉られると、あっという間に限界が来た。

「あっ……ん、冴久、さんっ」

「碧人……」

背中に爪《つめ》を立てると、碧人の中で冴久が力を増した。

唇を重ねる。奪っているのか奪われているのか、もうわからなくなっていた。

「や、あっ、ぁぁ……ん」

「碧人……」

冴久の声が掠れる。互いに息が上がってきた。

「冴久さんっ、お気づきだと、思うんですが、おれ……もうっ」

碧人を掻き回しながら、冴久の表情が和らぐ。

「お気づきだよ」

出していいよと、低く囁く声が碧人を決壊させた。

「あぁ……っ！」

脳裏に、ゆらりと淡い光が見えた。

――これは……コッコ？

夏至祭の夜、コテージから見たコッコの光だ。

ううん、違うこれは涙だ。

サンタクロースからの返事を受け取った時、嬉しくて流した涙の輝きだ。

いや、そうじゃない。これは白夜の明かりだ。

冴久と出会った日、アパートメントまで歩く途中で見た、暮れない空の――。

「碧人、おい、碧人」

目の前に現れた瞳に、呆《ほう》けた自分の顔が映っている。

「冴久さん……」

「大丈夫か。ごめんな、寝起きなのにいきなり」

一瞬、意識を飛ばしていたらしい。

反省しきりの冴久の首に、碧人は腕を巻きつけた。

「いいんです。おれもしたかったから。それに今、できるだけしておかないと」

「……は？」

「だって飛行機の中でしたくなったら困るじゃないですか。言いましたよね、おれ、冴久さんなしじゃいられないんです。心も身体も」

「碧人……」

ハの字に眉を下げる冴久は、今までで一番子供っぽくて、だけど一番嬉しそうな顔だった。

「覚悟しておけよ」

「望むところです」

碧人はふらつく身体をどうにか整え、ベッドの上に正座した。

「ふつつか者ですが、どうぞよろしくお願いいたします」

冴久は笑いを嚙み殺しながら頭をガシガシ掻いて、天井を仰ぐと言った。

「こちらこそ、どうぞよろしくお願いいたします」

弾けた笑いの向こうに、穏やかで優しい光が見えた気がした。

あとがき

こんにちは。または初めまして。安曇ひかるです。

このたびは『今夜ぼくはシェフのもの』をお手に取っていただきありがとうございます。

無骨で職人気質なくせに妙にエロい大人・冴久と、過去にとらわれながらも懸命に前を向こうとするちょっとズレた青年・碧人の恋物語、お楽しみいただけたでしょうか。ドキドキです。

今回初めての試みといたしまして、日本を飛び出し、オール……ではないのですがほぼフィンランドロケという荒技に挑戦してみました。映画『かもめ食堂』がきっかけで北欧に嵌まった方もたくさんいらっしゃると思います。私もそのひとりなのですが、そんな北欧好きの聖地（？）ヘルシンキが舞台です。

作中に出てくるサルミアッキという飴。あれはマジであかんレベルです。私はその昔ひと粒で瀕死になり、以来一度も口にしておりません。ところが我が家にひとりサルミアッキ好きがおりまして、しばしばフィンランドから取り寄せるという変態っぷり。曰く「三粒まとめて口に入れると一瞬意識が飛ぶ（強烈なアンモニア臭のため）」そうです。そうまでしてなぜと思うのですが、クセの強い食べ物というのは概してそういうものなのかもしれません。理解不能です。

カワイチハル先生。惚れてまうやろーーっ（古い）と叫びたくなるほど素敵な冴久と、ひょいと摘んで食べてしまいたくなるほど可愛い碧人、ありがとうございました。キャララフの冴久と目が合った瞬間、「ぐへ」と変な声が出てしまいました。真ん中を射貫かれました。北欧情緒たっぷりの表紙にも感涙でございます。本当に本当に感謝です。

末筆ながら、最後まで読んでくださった皆さまと、かかわってくださったすべての方々に心から感謝と御礼を申し上げます。ありがとうございました。愛を込めて。

安曇ひかる

二〇一五年　九月

✦初出　今夜ぼくはシェフのもの……………書き下ろし

安曇ひかる先生、カワイチハル先生へのお便り、本作品に関するご意見、ご感想などは
〒151-0051 東京都渋谷区千駄ヶ谷 4-9-7
幻冬舎コミックス　ルチル文庫「今夜ぼくはシェフのもの」係まで。

幻冬舎ルチル文庫

今夜ぼくはシェフのもの

2015年10月20日　第1刷発行

✦著者	安曇ひかる　あずみ ひかる
✦発行人	石原正康
✦発行元	株式会社 幻冬舎コミックス 〒151-0051 東京都渋谷区千駄ヶ谷 4-9-7 電話 03(5411)6431[編集]
✦発売元	株式会社 幻冬舎 〒151-0051 東京都渋谷区千駄ヶ谷 4-9-7 電話 03(5411)6222[営業] 振替 00120-8-767643
✦印刷・製本所	中央精版印刷株式会社

✦検印廃止

ISBN978-4-344-83553-5　C0193　Printed in Japan